炉边独语

周瘦鹃散文精选

周瘦鹃　著

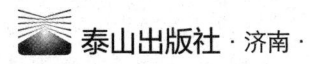

泰山出版社·济南·

图书在版编目（CIP）数据

周瘦鹃散文精选 / 周瘦鹃著. -- 济南：泰山出版社，2024.1
（炉边独语）
ISBN 978-7-5519-0790-3

Ⅰ.①周… Ⅱ.①周… Ⅲ.①散文集—中国—现代 Ⅳ.①I266

中国国家版本馆CIP数据核字（2023）第093889号

LUBIAN DUYU　ZHOUSHOUJUAN SANWEN JINGXUAN
炉边独语：周瘦鹃散文精选

责任编辑	徐甲第
装帧设计	路渊源

出版发行　泰山出版社
　　　社　　址　济南市泺源大街2号　邮编 250014
　　　电　　话　综 合 部（0531）82023579　82022566
　　　　　　　　出版业务部（0531）82025510　82020455
　　　网　　址　www.tscbs.com
　　　电子信箱　tscbs@sohu.com
印　　刷　山东通达印刷有限公司
成品尺寸　150 mm × 230 mm　16开
印　　张　16.25
字　　数　185千字
版　　次　2024年1月第1版
印　　次　2024年1月第1次印刷
标准书号　ISBN 978-7-5519-0790-3
定　　价　39.00元

凡　例

一、本书收录了作者的散文经典文章或片段节选，主要展现了作者的学术历程、情感操守，以及当时的时代风貌等。

二、将所选文章改为简体横排，以适应当代的阅读习惯。所选文章尽量依照原作，以保持文章的时代韵味，部分内容参照当下最新的整理成果进行了适当修改。

三、所选文章没有标题或者标题重复的，编辑时另行拟加或改拟。

四、对有些当时惯用的文字，如"的""地""得""作""做""哪""那""吧""罢""化钱""记帐"等，仍多遵照旧用。

目录

- 001　上元灯话
- 003　反闲篇
- 005　得水能仙天与奇
- 007　石　湖
- 009　梦
- 012　"梁祝"本事考
- 015　苏州的宝树
- 018　花光一片紫云堆
- 020　插　花
- 022　不依时节乱开花
- 025　闻木犀香
- 028　养金鱼
- 030　一年无事为花忙
- 033　劳者自歌

035 记义士梅

038 迎春花

040 百花生日

042 桃花琐话

045 山茶花开春未归

047 国色天香说牡丹

049 杜鹃花发映山红

051 枇杷树树香

053 夏果摘杨梅

055 仲秋的花与果

057 枸　杞

059 无锡印象

064 双　塔

066 卖花声

069 花雨缤纷春去了

071 清明时节

073 檀香扇

075 鸭　话

078 顾绣与苏绣

080 易开易谢的樱花

083 健康第一

085 一生低首紫罗兰

088 阖第光临看杂技

090 姊妹花枝

目录

- 092　采　薪
- 094　看了《黑孩子》
- 096　爱　猫
- 099　平民的天使
- 102　一枝珍重见昙花
- 104　轻红擘荔枝
- 106　记客人
- 108　吾家的灵芝
- 111　白话的情词
- 114　关于花的恋爱故事
- 117　日本的花道
- 119　花木的神话
- 121　寒云忆语
- 123　无　言
- 125　我为什么爱梅花
- 127　茶　话
- 131　神仙庙前看花去
- 133　和台风搏斗的一夜
- 136　枣
- 139　咖啡琐话
- 142　霜叶红于二月花
- 145　秋菊有佳色
- 149　送　灶
- 152　七髻八盖

- 154 有朋自远方来
- 157 上海大厦剪影
- 160 夏天的瓶供
- 163 热　话
- 166 新西湖
- 172 绿杨城郭新扬州
- 177 南湖的颂歌
- 181 浔阳江畔
- 192 绿水青山两相映带的富春江
- 199 避暑莫干山
- 208 湖山胜处看梅花
- 216 羊城屐印
- 219 南通盆景正翻新
- 221 最是橙黄橘绿时
- 223 迎新清供
- 226 西府海棠
- 227 夹竹桃
- 229 栀子花开白如银
- 231 仙客来
- 233 芭蕉开绿扇
- 236 扬芬吐馥白兰花
- 238 崖林红破美人蕉
- 240 初放玉簪花
- 242 莲花世界

245　能把柔枝独拒霜

247　芦花白雪飞

248　装点严冬一品红

上元灯话

农历正月十五日，向称上元；这夜即称元夕，俗称元宵，旧俗必须张灯，盛极一时。考之旧籍，据说还是起于唐代睿宗景云二年，只有一夜；到唐玄宗时，改为三夜，元宵前后各一夜；到了北宋乾德五年，又加上十七、十八两夜，增为五夜；到南宋理宗淳祐三年时又增一夜，自十三夜起，名为试灯；到得明代朱太祖时，更变本加厉，增为十夜，自初八夜起就张灯于市，到十七夜才罢，名为灯市。近年来苏沪风俗，都以十三夜至十八夜为灯节，倒还是依照着南宋旧俗呢。

制灯最工巧的地方，近推浙江菱湖，往年我在上海居住时，就听得菱湖灯彩的大名，也曾见过各式各样的菱湖灯，确有鬼斧神工之妙。记得当年有一个叫做桑栋臣的，专给新旧剧场扎灯彩，听说他就是菱湖人，技术确很不差。但在宋代，苏州倒是以制灯著名的，周密《乾淳岁时记》称："元夕张灯，以苏灯为最。圈片大者，径三四尺，皆五色琉璃所成。山水人物，花竹翎毛，种种奇妙，俨然着色便面也。"梅里人用彩笺铸细巧人物扎灯，名梅里灯，也很有名；又有一种夹纱灯，是用彩纸刻花竹禽鱼而夹以轻绡的，现在恐已失传了。清代道光年间，阊门内吴趋坊皋桥中市一带，都有出卖各种彩灯的，满街张灯，陆离光怪，

令人目不暇给，人物有张君瑞跳粉墙、西施采莲花、刘海戏蟾诸品，花果有莲藕、玉兰、牡丹、西瓜、葡萄诸品，禽兽水族则有孔雀、凤凰、鹤、鹿、马、兔、猴，与金鱼、鲤鱼、虾、蟹诸品，其他如龙船灯、走马灯等，不胜枚举。今年春节，人民路怡园为了引起大众兴趣，特请名手精制彩灯大小数十只，全用各色绢绸，或加彩绘，或缀流苏，十分悦目；而给我以良好印象的，是塔灯、莲花灯和走马灯三只，不愧为个中精品。一连半个月，倒也有万人空巷之盛。

走马灯是我儿时最爱看的，大率用纸剪了人物车马或京剧中的《三国》《水浒》等戏，着了彩色，黏贴在竹制的轮子上，承以蛎壳，一点上蜡烛，就会转动，大抵小朋友们都是喜欢这玩意儿的。清代吴毂人有《辘轳金井》一词咏走马灯云："涨烟飞焰。送星蹄、逐队奔腾不少。一片迷离，向蝉纱围绕。帘深夜悄。怕壁上、观来应笑。几许英雄，明明灭灭，冬烘头脑。　平生壮怀渐老。念五陵游历，空负年少。陈迹团团，叹磨驴潦倒。山香插帽。要鼓打、太平新调。尽洗弓兵，飚轮迅卷，月斜天晓。"末尾的几句，很有意义，借以鼓吹今日的世界和平运动，似乎也可以适用的。

反闲篇

旧时所谓士大夫之流，往往以闲为处世立身的目标，因以"闲轩""闲斋""闲止楼""闲闲草堂""闲心静居""得闲山馆""闲处光阴亭"等名其居处；文章诗词中，也尽多这种悠闲情调的作品，陶渊明的《闲情赋》，可算是一篇代表作。小品文中，如清代华淑的一则："余今年栖友人山居，泉茗为朋，景况不恶；晨起推窗，红雨乱飞，闲花笑也。绿树有声，闲鸟啼也。烟岚灭没，闲云度也。藻荇可数，闲池静也。风细帘清，林空月印，闲庭悄也。以至山扉昼扃，而剥啄每多闲侣。帖括困人，而几案每多闲编。绣佛长斋，禅心释谛，而念多闲想，语多闲辞。闲中自计，尝欲挣闲地数武，构闲屋一椽，颜曰十闲堂，度此闲身。"诗如明代袁中郎《闲居》云："只对陈编坐，闲将稚子行。笔罢书将老，瓶响茶初成。饥鹤窥冰涧，穷鸦话夕城。江烟回照里，转湿转鲜明。"词如陈其年《闲况》调寄《殢人娇》云："屋对晴山，黛影离离争泫。山梅瘦、递香窗眼。细煎绿雪，注乳花盈碗。隐几坐，笺竟黄庭下卷。　饲鹤斜桥，听莺空馆，更相邀、两三狂狷。看云选石，趁闲身尚健。此外事、付与天公总管。"看这些诗词文章中，都有动态，不过借个闲字来弄弄笔头，自鸣清高而已。

我受了这些文字的影响，也就以闲为平生追求的目标，忙乱之余，常常在闲字上着想；记得十余年前，在一所苏州的旧园子里发见了一块石碑，刻着明代高僧莲池大师手写的一首诗："一生心事只求闲，求得闲来鬓已斑。更欲破除闲耳目，要听流水要看山。"喜其深得我心，立时买了回来，立在我园梅屋之下。又在某一年的岁首，作了一首《元夜口占》道："华年似水悠悠去，利锁名缰一例删。朝看梅花暮看月，人生难得是心闲。"在当时政治黑暗的时代，自以为退闲下来，不去同流合污，是无可厚非的；然而置身事外，仿佛国家不是我的国家，先就犯了莫大的错误。又自以为我所追求的闲，并不是手闲身闲而是心闲脑闲，心闲得，脑闲得，而手和身闲不得，手一闲，身一闲，饱食终日，无所事事，那就是游手好闲之徒了。其实仔细想来，追求心闲脑闲，也是错误的；因为行动与思想是一致的，心和脑与手和身绝对不能划分，心和脑闲了，手和身如何会不闲？心和脑先劳动起来，然后能指挥手和身同时劳动，然后能创造，然后能生产，然后能使生活丰富多彩。一位朋友说得好："一个人的生活是有其理想的，有理想，则心与脑永无闲之日，身与手亦永无闲之日；愉快是孕育于劳动以及劳动成果之中的。"又今春江苏师范学院一位教授，参观了我的盆栽盆景之后，认为这是劳动创造出来的综合之美，大为赞扬。虽是夸奖太过，愧不敢当，然而对于我也是一种鼓励。我现在虽已够劳动的了，然而我还要跟大家一起劳动，不但是手和身不许闲，连心和脑也不许闲，昔人所谓"劳者自歌"，就是劳动后愉快的表现，让我们歌唱起来吧！作《反闲篇》。

得水能仙天与奇

"得水能仙天与奇",这七个字中嵌着"水仙"二字,原是宋代诗人刘邦直咏水仙花的,以下三句是:"……寒香寂寞动冰肌。仙风道骨今谁有,淡扫蛾眉簪一枝。"这首诗确是贴切水仙,移咏他花不得。

水仙是多年生草,生在湿地,茎干中空如大葱,而根如蒜头,出在厦门的,往往三四个排在一起;出在崇明的,只是单独的一个。叶与萱草很相像,可是较萱叶为厚,春初有茎从叶中抽出,渐抽渐长,梢头有薄膜包着花蕊数朵,开放时花作白色,圆瓣黄心,有似一盏,因此有"金盏银台"的别称。此花清姿幽香,自是俊物,花有复瓣与单瓣二种,复瓣的名"玉玲珑",花瓣折皱,下部青黄而上部淡白,称为"真水仙";据说还有开花作红色的,却从未见过。我偏爱单瓣,以为可以入画,几位画友,也深以为然。六朝人称水仙为雅蒜,我前年曾从骨董铺中买到一个不等边形的汉砖所琢成的水仙盆,上刻"雅蒜"二字,署名"之谦",岁首供崇明水仙十余株,伴以荆州红石子,饶有画意。

水仙也有神话,据说华阴人汤夷,服水仙八石为水仙,即名河伯。谢公梦一仙女赠与水仙一束,次日生一女,长而聪慧工诗。姚姥住长离桥，寒夜梦见观星落地，化作水仙一丛，又美又香，就吃了下去；醒来生下一女，稍长，聪明能文，因名"观星"，观星即是天柱下的女史星，所以水仙一名"女史花"，又名"姚女花"。

宋代杨仲囙从萧山买到水仙花一二百本，种在两个古铜洗中，十分茂美，因学《洛神赋》体，作《水仙花赋》。此外，如高似孙有《水仙花前赋》《后赋》，洋洋千余言，的是杰作。元代任士林、明代姚绶，也各有《水仙花赋》，都以洛浦神女相比拟。清代龚定盦，十三岁作《水仙花赋》，有"有一仙子兮其居何处，是幻非真兮降于水涯。襌翠为裙，天然妆束。将黄染额，不事铅华"之句，也是比作水中仙女的。

诗词中咏水仙花的，佳作很多，如明王毅祥云："仙卉发瑶英，娟娟不染尘。月明江上望，疑是弄珠人。"元陈旅云："莫信陈王赋洛神，凌波那得更生尘。水香露影空清处，留得当年解佩人。"袁士元云："醉阑月落金杯侧，舞倦风翻翠袖长。相对了无尘俗态，麻姑曾约过浔阳。"丁鹤年云："影娥池上晓凉多，罗袜生尘水不波。一夜碧云凝作梦，醒来无奈月明何。"明文徵明云："罗带无风翠自流，晚寒微襌玉搔头。九疑不见苍梧远，怜取湘江一片愁。"清金逸云："枯杨池馆响栖鸦，招得姮娥做一家。绿绮携来横膝上，夜凉弹醒水仙花。"这些诗句，都是雅韵欲流，足为水仙生色。

石　湖

　　杭州的西湖，名闻世界，而苏州的石湖，实在也不在西湖之下。石湖是太湖的支流，周围二十里，相传范蠡就由这里进入五湖的。东有越来溪，越国侵略吴国来自此处，故名"越来"。那时原有越城，宋代名臣范成大就其原址造了一所别墅，有亭有榭，种了不少梅花，别筑丰圃堂，下临石湖，宋孝宗亲书"石湖"二大字赐与他，中有北山堂、天镜阁、玉雪坡、锦绣坡、千岩观、梦渔轩、说虎轩、盟鸥室、绮川亭等，而以天镜阁为第一。范氏曾作上梁文，有"吴波万顷，偶维风雨之舟；越成千年，因筑湖山之观"诸语，其旨趣如此。一时名人，都纷纷以文词赞美他；可是时异世变，到现在早已荡然无存了。

　　距今约三十年前，苏州名书家余冰臣觉，曾就范氏天镜阁旧址造一别墅，恰与上方山遥遥相对，风景绝胜。他的夫人沈寿，以刺绣享盛名于国际。余氏八十岁生日，我和范烟桥、范君博二兄等同去祝嘏；就参观了他的别墅，凭阑小立，湖水荡漾于前，使人尘襟尽涤。

　　行春桥接近上方山麓，有环洞九个，倒影湖水中，足供观赏。每年农历八月十八日，苏沪一带工农男女，都到这里来看串月，桥边船舶如云，联接不断，鼓乐之声响彻云霄，一直要到天明才散。所谓串月，据说是十八夜月光初现的时候，映入行春桥桥洞中，其影如串；又有一说：十八夜从上方塔的铁链中间，可以看到此夜月的分度，恰当铁链的中央，联成一串，所以名为串月。清代沈朝初有《忆江南》词咏之："苏州好，串月看长桥。桥畔重重湖面阔，月光片片桂轮高。此夜爱吹箫。"

一九五三年的农历中秋后二日，老友俞子才、徐绍青、叶藜青三画师约同往观串月，我因返苏卜居已达二十年，而从未见过，因欣然追随前去；前一天已定好了一艘画舫，并备了旨酒佳肴，共谋一醉，三君因爱好写生，所以也带了全副画具，打算合作一幅《石湖秋泛图》。饱餐了一顿之后，船已停泊中流，大家坐在船头看月，那一轮满月，像明镜般挂在中天，照映着万顷清波，似乎特别的明朗，我于欢喜赞叹之余，口占了七绝二首："一水溶溶似玉壶，行春桥畔万船趋。二分明月扬州好，今夜还须让石湖。""秋水沧涟月满铺，长空如洗点尘无。嫦娥绝色倾天下，此夕分明嫁石湖。"大家听了，以为想入非非。看了好一会月，回到船舱里，三君就杀粉调铅，开始作画，先给我合作了一张便面，绍青画高士，藜青画古松，子才补景足成之，三君为吴湖帆兄高弟，所作自成逸品；我喜题一绝："飞瀑千寻绝点尘，虬松百尺缀龙鳞。翩翩白袷谁家子，疑是六如画里人。"这便面后来给湖帆兄看见了，就在背面题了一阕《和范石湖三登乐》词，更觉得添花锦上了。我看画看月，兴高采烈，始终没有倦意；直到天明时，送去了残月，迎来了朝阳，才兴尽而返。这时游人渐散，游船渐稀，石湖也似乎沉沉欲睡了。

梦

秋菊已残，寒雨连朝，正在寂寞无聊时，忽得包天笑前辈香岛来翰，琐琐屑屑地叙述他的身边琐事，恍如晤言一室，瞧见他那种老子婆娑兴复不浅的神情。记得对日抗战时期，我曾有七律一首寄给他："莽荡中原日已沉，风饕雨虐苦相侵。羡公蓬岛留高躅，老我荒江思素心。排闷无如栽竹好，恋家未许入山深。何时重订看花约，置酒花前共细斟。"不料他老人家一去多年，迄未归来，正不知何时重订看花约啊？

这一封信，开头就说了他上月所得的一个梦，梦见我新婚燕尔，而同时又在我的园子里，举行一个书画展览会，备有一本签名册子，各人纷纷题句，他也写了七绝一首，醒时只记得下二句云："好与江南传韵事，风流文采一周郎。"据说他近数年来，久已不事吟咏，而梦中常常得句，真是奇怪，不过醒来都已忘却；上二句还是在枕上硬记起来的，所以特地写信来告知我。可是"风流文采一周郎"之句，实在愧不敢当。

我是一个多梦的人，这些年来几乎夜夜有梦，醒后有的还记得，有的已记不得了。所幸我所做的梦，全是好梦，全是愉快的梦；要是常做噩梦，那么动魄惊心，这味儿是不好受的。今年春季，有友人游了西湖回来，对我称赞湖上建设的完美，说得有声有色。我听了十分羡慕，恨不得立刻插翅飞去，和那阔别十余年的西子重行见面；谁知当天晚上入睡之后，我竟得了一梦，梦中畅游西湖，把旧时所谓两湖十八景，一一都游遍了。可是游过了九溪十八涧，再往西溪看芦花，拍手欢呼，顿从梦中醒了回来。这一场游西湖的好梦，真和亲到西湖去一般有趣，连一笔游费也省下来了。我于得意之余，做了《西湖梦寻》诗三十首，每一首的第一句都是"我是西湖旧宾客"七字，第二句中都有一个"梦"字，如"春来夜夜梦孤山""正逢春晓梦苏堤"等，恐占篇幅，不能将三十首一一录出，只录最后的三首："我是西湖旧宾客，九溪曲曲梦徘徊。记曾徒跣溪头过，跳出鲤鱼一尺来。""我是两湖旧宾客，西溪时向梦中浮。记从月下吟秋去，如雪芦花白满头。""我是西湖旧宾客，春来那不梦西湖。十年未见西湖面，还问西湖忆我无？"俗语说得好："日有所思，夜有所梦。"我因为白天想游西湖，所以一梦蘧蘧，竟到西湖畅游去了。

更有一个例子，足以证明"日有所思，夜有所梦"一语的正确；譬如抗日战起，苏州沦陷时，我与前东吴大学诸教授先后避寇于浙之南浔与皖之黟县山村，虽然住得很舒服，并且合家同去，并不寂寞，但仍天天苦念苏州，苦念我的故园，因此也常常梦见苏州，并且盘桓于故园万花如海中了。那时我所做的诗，所填的词，就有不少是说梦的。如《兵连》云："兵连六月河山变，劫火弥天惨不收。我亦他乡权作客，寒衾夜夜梦苏州。"《梦故园》云："吴中小筑紫兰秋，羁旅他乡岁月流。瞥眼春来花似海,魂牵梦役到苏州。"《思归》云:"中宵倚枕不胜愁,一片归心付水流。愿托新安江上月,照人归梦下苏州。"《梦故园花木》云:"大劫忽临天地变,割慈忍爱与花违。可怜别后关山道,魂梦时时化蝶归。"

"梁祝"本事考

"梁山伯与祝英台",无疑地是吾国流传得最广泛的一个民间故事,各地地方戏中,常有演出,而以越剧为最著。每一个剧团中都有这一出看家戏;往往别的戏演腻了而卖座衰落的时候,就搬出"梁祝"来演一下,顿时吸引了观众纷至沓来,足见广大群众是如何的喜爱这个故事了。

川剧中的"梁祝",别有一名,叫做《柳荫记》,故事比越剧稍简,并没有"楼台会"的一节,民锋苏剧团的"梁祝",就是根据《柳荫记》的。弹词中也有"梁祝",弹词家纷纷传唱,以朱雪琴、郭彬卿一组为最得好评,故事似乎取材于越剧,与越剧异曲同工,听了是很够过瘾的。

"梁祝"的本事,考之浙江《鄞县志》,与地方戏所演出的颇有出入。据说县西十六里接待寺西,有义忠王庙,一名梁圣君庙,祀东晋鄞令梁山伯(按,鄞县在东晋时名鄮县),安帝时,刘裕奏封为义忠王,令地方官立庙。宋代时郡守李茂诚撰《庙记》,竟称之为神;其所以称神之故,却有一段神话,说是孙恩犯会稽时,太尉刘裕往讨,山伯托梦刘裕相助,夜间烽燧荧煌,兵甲隐见,孙等见了大惊,就入海逃去。至于与祝英台同化蝴蝶的话,那是不可考了。

"梁祝"本事考

据《庙记》中说，神讳处仁，字山伯，姓梁氏，会稽人。他的母亲梦见太阳贯穿胸怀，怀孕了十二个月，以东晋穆帝永和壬子三月一日分瑞而生。幼年时就聪明有奇气，长而就学，最爱坟典，曾从名师进修；过杭州时，在路上遇见一位青年，容貌端正，长身玉立，带了行李上渡船，坐在一起，山伯问他姓名，他回说姓祝，名贞，字信斋，问他从哪里来？说是来自上虞乡间。问他往哪里去？说是去求学的。双方讨论学问，很为相得；山伯便道："我们的家乡相去很近，我虽不敏，很愿攀附一下，希望您不要见外。"于是两人欣然同行，合从一师；同学了三年，祝因思亲先行回乡。过了二年，山伯也回去省亲，到上虞访祝，遍问祝信斋其人，竟没有人认识他，却有一位老者在旁笑道："我知道了，能文章的不要是祝家的九娘英台么？"当下找到祝家门上，山伯才知他的同学是个女子，别后重逢，十分欢洽，饮酒赋诗，珍重别去。回家之后，思慕英台才貌，因此禀请父母去求婚，谁知英台已许配了鄞城廊头马氏，好事不成，山伯长叹道："生当封侯，死当庙食，区区婚姻事，又何足道！"后来简文帝举贤良，郡中以山伯应召，被任为鄞县令，不久就害了重病，病危时对左右说："鄞县西清道源九龙墟是我的葬地。"说完，就瞑目长逝了，年只二十有二。郡人依照他的遗言，将他葬在西清道源的九龙墟。明年暮春，英台遣嫁马氏，搭了船乘流西来，突遇大风浪，船竟不能前进，问篙师，他回说："这里却有山伯梁县令的新坟，岂不奇怪！"英台听了，忙到坟前去拜奠，哀恸之余，坟地裂开，就耸身跳将下去，侍从即忙拉住她的裙子，裙幅却像云片一般飞散了。郡人将此事上奏朝廷，丞相谢安请封为义

013

妇冢，勒石江左。清代李裕有诗咏其事："冢中有鸳鸯，冢外唤不起。女郎歌以怨，辄来双凤子。织素澄云丝，朱幡翦花尾。东风吹三月，春草香十里。长裾裹泥土，归弹壁鱼死。"

宜兴善权洞外，有碧藓庵，庵前有台，相传是祝英台读书处，清代词人陈其年过其地，填了一阕《祝英台近》："傍东风，寻旧事，愁脸界红箸。任是年深，也有系人处。可怜黄土苔封，绿罗裙坏，只一缕、春魂抛与。　　为他虑。还虑化蝶归来，应同鹤能语。赢得无聊，呆把断垣觑。那堪古寺莺啼，乱山花落，惆怅煞、台空人去。"可是《鄞县志》中并没提起梁祝在宜兴就学，那么这善权洞外的祝英台读书处，又未必可信了。

苏州的宝树

旧时诗人词客，在他们所作的诗词中形容名贵的花草树木，往往用上琪花、瑶草、玉树、琼枝等字句，实则大都是过甚其词，未必名副其实。据我看来，苏州倒的确有几株出类拔萃的古树，称之为树中之宝，可以当之无愧。

最最宝贵的，无过于光福司徒庙中的几株古柏，庙门上有"柏因社"三字，就是因柏而名的。柏原有八株，后死其二，现存六株，其中最大最古的四株，据说清帝乾隆曾以清、奇、古、怪称之，树龄都在千余年以上，就是无名的两株，也并无逊色。今年初秋，曾偕同园林修整委员会诸委员并园林管理处同人，察勘香雪海的梅花亭，顺道往看古柏，见清、奇、古、怪四株，依然是清奇古怪，各有千秋；我虽已和它们阔别了十多年，竟浓翠欲滴，矫健如常；就是其他二株，好像在旁作陪似的，也一无变动，我想给它们题上两个尊号，一时竟想不出得当的字来。

清代诗人施绍书曾以长歌宠之："一柏直上海螺旋，一柏挐攫枝柯相胁骈。二柏天刑雷中空，伛者毒蛇卧者秃尾龙，上有蓊蔚万年不落之青铜。疑是商山皓，须髯戟张面重枣。或类金刚舞，瞠眙杰羿目眈努。可惜陪贰四柏颓厥一，佛顶大鹏衔之掷过崭岩逸。否则八骏腾骧八龙叱，何异秃眇跛瘘蹀躞游戏齐廷出。"

安得巨灵擘山，巫阳掌梦，召之归来，虬干错互掩映双徘徊。吁嗟乎！一柏走僵七柏植，欲噙精英月华冕，夜深月黑镫光荧，非琴非筑声清泠。天风飕飕，仙乎旧游，万籁灭息，远闻鹡鸰。此言谁所述，我闻如是僧人成果说。"诗颇奇崛，恰与古柏相称。而吴大澂清卿的《七柏行》，对于这七株古柏一一写照，更有颊上添毫之妙，如："司徒庙中古柏林，百世相传名到今。我来图画古柏状，日暮聊为古柏吟。一柏亭亭最清绝，斜结绳文寒欲裂。九华芝盖撑长空，几千百年不可折。一柏如桥卧彩虹，霜皮剥落摧寒风。霹雳一声天半落，残枝满地惊飞蓬。一柏僵立挺霄汉，虬枝蟠结影零乱。冰雪曾经太古前，炼此千寻坚铁干。一柏夭矫如游龙，蒙头酣卧云重重。满身鳞甲忽飞舞，掷地化作仙人筇。中有二柏亦奇特，清阴下覆高柯直。纵横寒翠相纷挈，如副三槐参九棘。墙根一柏等附庸，侧身伏地甘疏慵。昂头横出一奇干，千枝万叶犹葱茏。（下略）"

读了此诗，就可以想像到这些古柏的姿态了。我以为它们不但是苏州的宝树，实在足以代表全国。

另一株宝树，就是沧浪亭东邻结草庵里的古栝，俗称"白皮松"，在全苏州所有的老栝中，这是最大最古老的一株，干大数围，是南方所稀有的。明代大画家沈石田曾说庵中有古栝十寻，数百年物，即指此而言；自明代至今，又加上了四百多岁，那么这古栝的年龄定在一千岁以上了。番禺叶誉虎前辈寓苏时，常去观赏，并一再赋诗咏叹，如《赠栝》一首云："消得僧房一亩阴，弥天髯甲自萧森。挈云讵尽平生志，映月空悬永夜心。吟罢风雷供叱咤，梦余陵谷感平沈。破山老桂司徒柏，把臂应期共入林。"沧浪亭对邻可园中荷花池畔,有一株胭脂梅,据说还是宋代所植,有人称之为江南第一梅;据我看来,树干并不苍古,也许老干早已枯死,这是根上另行挺生的孙枝了。每年春初花开如锦,艳若胭脂,我园梅丘上的一株,就是此梅接本,我曾宠之以词,调寄《忆真妃》云:"翠条风搦烟拖。影婆娑。疑是灵猿蜕化、作虬柯。　　春晖暖。琼英垿。艳如何。错道太真娇醉、玉颜酡。"梅花单是色彩娇艳,还算不得极品,一定要有水光,才是十全十美。这株胭脂梅,就是好在有水光,普通的梅花和它相比,不免要自惭形秽了。

花光一片紫云堆

我对紫藤花，有一种特殊的爱好。每逢暮春时节，立在紫藤棚下，紫光照眼，缨络缤纷，还闻到一阵阵的清香，真觉得可爱煞人！

我记到了苏州的几株宝树，怎么会忘却拙政园中那株夭矫蟠曲如虬如龙的老紫藤呢？这紫藤的主干又枯又粗，可供二人合抱，姿态古媚已极，据说是明代诗、书、画三绝的文徵明所手植，五六百年来饱阅风霜，老而弥健，只因曲曲弯弯的蟠将上去，不比其他古树的挺身而立，所以下面支以铁柱，上面枝叶伸展开去，仿佛给满庭张了一个绿油油的天幕。壁间有不知何人所题"蒙茸一架自成林"七字，并于地上立一碑，大书"文衡山先生手植藤"八字。解放后，苏南文物管理委员会来整修拙政园，对于这株古藤非常重视，特地装置了一排朱红漆的栏杆保护它，要使这株宝树延长寿命，长供公众的欣赏，这措施实在是必要的。每年开花时节，我总得专诚前去，痴痴的靠着红栏杆，饱领它的色香，有时为那虬龙一般的枯干所陶醉，恨不得把它照样缩小了，种到我的那只明代铁砂的古盆中去，尊之为盆栽之王。

此外，南显子巷惠荫园中的水假山上，也有一株老藤，是清康熙年间名儒韩菼所手植，所以藤下立有"韩慕庐先生手植藤"

一碑。主干也有一抱多，粗粗的枝条，好像千手观音的手一般伸展开去，一枝枝腾挐向上，有好几枝直挂到墙外去，蔚为奇观。暮春时敷荫很广，绿叶纷披中，一串串的像流苏般挂满了紫色的花，实在是足与文衡山的老藤争妍斗艳的。此外，更有一株老紫藤，在木渎山塘青石桥附近；沿塘有一株老榆树，粗逾两抱，却交缠着一株又粗又大的老藤，估计它的高寿，也足足有一百多岁了。这一榆一藤交缠在一起，仿佛是两个力大无朋的大汉，在那里打架角力一般，模样儿很觉好玩；曾由张仲仁先生给它们起了一个雅号，叫作"古榆络藤"，现在不知依然无恙否？

我家园子里，也有一株老藤，主干已枯，古拙可喜，难能可贵的是：它的花是复瓣的，作深紫色，外间从未见过，据说是日本种，朋友们纷纷称美，我曾以七绝一首宠之："繁条交纠如相搏，屈曲蛇蟠擘不开。好是春宵邀月到，花光一片紫云堆。"架上另有一株，年龄稍小，花作浅红色，也很别致；可惜地盘都给前一株占去了，着花不多，似乎有些屈居人下的苦痛。除此以外，我又有盆栽紫藤多株，以沧浪亭可园移来的一株为甲观，主干只剩半片，而年年开花数十串，生命力仍很充沛。另有两株是日本种的九尺藤，花串下垂特长，可是九尺之称，实在是夸大的。其他山藤多株，都不见开花，据一位老园艺家说，倘把盆子埋在地下，使根须透出盆底的小孔，就会开花，今春我已如法一试，不知明年究能如愿否？紫藤花有清香，倘蘸了面粉的糊，和以白糖，入油锅炸熟，甘香可口，好奇者不妨一尝试之。

插　花

　　好花生在树上，只可远赏，而供之案头，便可近玩；于是我们就从树上摘了下来，插在瓶子里，以作案头清供，虽只二三天的时间，也尽够作眼皮儿供养了。说起瓶子，正如今人所谓丰富多彩，各各不同，质地有瓷、铜、玉、石、砖、陶之分，式样有方圆、大小、高矮之别。这还不过是大纲而已；若论细则，那非写一部专书不可。单以瓷瓶而论，就有甚么官窑、哥窑、柴窑、钧窑、郎窑、定窑等等名目，式样之五花八门，更不用说；铜器又有甚么觚、尊、罍、觯等等名目，就是依着它们的式样而定名的。其他玉、石、砖、陶用处较少，也可偶而一用，比较起来还是用陶质的坛或韩瓶等等插花最为相宜，坛口大，可插多枝或多种的花，如果是三五枝花，那么用小口的韩瓶就得了。安吉名画家吴昌硕先生每画折枝花，喜画陶坛和韩瓶，瞧上去自觉古雅。

　　插花虽小道，而对于器具却不可随便乱用，明代袁中郎的《瓶史》中曾说："养花瓶亦须精良，譬如玉环飞燕，不可置之茅茨；又如嵇阮贺李，不可请之酒食店中。尝见江南人家所藏旧瓶，青翠入骨，砂斑垤起，可谓花之金屋，其次官哥象定等窑，细媚滋润，皆花神之精舍也。"据他的看法，大概插花还是以铜瓶为上，所以有"青翠入骨，砂斑垤起"之说，而瓷瓶次之，即使是名窑，也不得不屈居其下；但我以为也不可一概而论，譬如粗枝大叶的花，分量较重，插在瓷瓶中易于翻倒，自以铜瓶为妥善。记得去秋苏州怡园开幕时，我举行盆栽瓶供个人展览会，曾用一个古铜瓶插一枝悬崖的枇杷花，枝干很粗，主体一枝，另一枝斜下作悬崖形，而叶子十多片，每片好似小儿的手掌般大，倘用瓷瓶或陶瓶来插，定然不胜负担，因此不得不借重铜瓶了。今年元宵节，我从梅丘的一株铁骨红梅树上，折了一枝粗干下来，也插在一个古铜瓶中，不但是觉得举重若轻，而且色彩也很调和，红艳艳的梅花，衬托着黑黝黝的瓶身，自有相得益彰之妙。这一夜供在爱莲堂中，与灯光月色相映，真的赏心悦目，美不可言。

铜瓶蓄水插花，可免严冬冻裂之弊，据说出土的古铜瓶，因年深月久的受了土气，插花更好，花光鲜艳，如在枝头一样，并且开得快而谢得慢，延长了寿命；结果子的花枝，还能在瓶里结出果子来，可是我没有亲见，不敢轻信。瓷瓶插花，自比铜瓶漂亮，但是严冬容易冰碎，未免美中不足，必须特制锡胆，或则利用竹管，更是惠而不费，否则在水中放些硫磺，也可免冻。

插花不可太多，以三枝或五枝最为得当，并且不可太齐，应当有高有低，也应当有疏有密。瓶口小的，自是容易插好，要是瓶口太大，那么李笠翁《闲情偶寄》中发明"撒"之一物，说是以坚木为之，大小其形，不拘一格，其中或扁或方，或为三角，但须圆形其外，以便合瓶。我以为此法还是太费；不如剪一根树枝，横拴在瓶口以内，或多用一根，作十字形，那么插了花可以稳定，不会动摇了。

不依时节乱开花

今年的天气十分奇怪，春夏二季兀自多雨，人人盼望天晴，总是失望，晴了一二天，又下雨了；到了秋季，兀自天晴，差不多连晴了两个月，难得下一些小雨，园林里已觉苦旱，田中农作物恐怕也在渴望甘霖了。瞧来天公也在闹别扭，你要晴，它偏偏下雨，你要雨，它偏偏放晴，倒像故意跟人开玩笑似的。因了这天气的不正常，有些花木也一反常态，竟不依时节乱开花了。莲花本来在夏季开的，而过了农历六月二十四日所谓莲花生日，还是不见开花，直到牛女双星渡河之后，才陆陆续续的开起来。桂花总在中秋左右开的，而今年却宣告延期，直到重阳节边，才让人看到了垂垂金粟，闻到了拂拂浓香。菊有黄花，向来总在重阳节边，而今年也延迟了一月，期待着持螯赏菊的朋友们，真有望穿秋水之感了。

最奇怪的，我园子里有一株盆栽的小梅树，忽在重阳前二天开了一朵花，开始时先见六片圆形绿叶组成的一个萼，中间拥一点红心，过了三天，红心渐渐放大，绿萼渐渐翻向后面，再过二天，红心更大了，现出花瓣的模样来，色彩很为鲜艳，有些像朱砂红；到了明天，五片花瓣完全开好，色彩也渐渐淡下去，足足开了两天，居然有色有香，旁枝上还有一个小小的花蕊，只因在爱莲堂中连供了七天，等不及开花就脱落了。本来古人诗中有"十月先开岭上梅"之句，这岭是指的大庾岭，地在南方，并且是种在山上的，当然是易于开花，而现在还在农历九月，又是盆栽的一株小梅树，竟抢先的开了花，而其余的几十盆却一动都不动，真是可怪了。

然而这种奇迹，古已有之，如清代康熙年间词人陈其年，曾见一株老梅树枯而复活，并且秋天就开了花，叠萼重台，生气勃勃，一时有"瑞梅"之称，其年赋《沁园春》一阕宠之："一种江梅，偏向君家，出奇无穷（树在友人汤皆山家）。看千年复活，乔柯蚴蟉，重台并蒂，冷蕊空濛。人曰奇哉，梅云未也，要为先生夺化工。休惊诧，请诸君安坐，洗眼秋风。　须臾露濯梧桐。忽逗出罗浮别样红。正朦胧一夜，银河影里，稀疏数点，玉笛声中。只恐东篱，有人斜睨，菊秀梅娇妒入宫。当筵上，倩渊明和靖，劝取和同。"词意很有风趣，而结尾因恐菊梅争宠，请陶渊明、林和靖劝它们和平共处，真是想入非非。不但如此，其年家中有杏树一株，也在暮秋开花，竟与春间一般娇艳，其年也咏之以词，调寄《解连环》云："碧秋澄澈，把江南染遍，是他黄叶。忽一朵半朵春红，也浅晕明妆，薄融酥颊。簌雨笼晴，笑依旧、茜裙微折。只夜凉难禁，露重谁攲？謷语凄咽。　回思好春时节，正桃将露绥，兰渐成缬。楼上人醉花天，有画鼓银罂，宝马翠垺。事去慈恩，枉立尽、西风闲说。伴空濛、驿桥一帽，荸花战雪。"除此之外，又有八月闻莺、海棠重开的奇事，词人李分虎以《花犯》一阕记之："卷筠帘，金梭忽溜，青林已非昔。倚阑干立。讶老桂黄边，犹露春色。几丝带雨莺红湿。莺

穿亦爱惜。为载酒、向曾听处，相逢如旧识。　　巡檐觑花太零星，翻疑狼藉后，东风留得。记前度，寻芳事，梦中游历。又谁料、数声似诉，重唤起、秋窗拈赋笔。便杜老、断无吟句，也应题醉墨。"

有一天，苏州市园林管理处汪星伯兄过访，看了我盆梅着花，便说今年怪事真多，拙政园中端阳节边开过的石榴花，忽在重阳节边又大开起来；而有的园子里，也秋行春令，竟开起樱花来了。不依时节乱开花，花也在作弄人啊！

闻木犀香

每年中秋节边，苏州市的大街小巷中，到处可闻木犀香，原来人家的庭园里，往往栽有木犀的；今年因春夏二季多雨，天气反常，所以木犀也迟开了一月，直到重阳节，才闻到木犀香咧。木犀是桂的俗称，因丛生于岩岭之间，故名"岩桂"。花有深黄色的，称"金桂"；淡黄色的，称"银桂"；深黄而泛作红色的，称"丹桂"。现在所见的，以金桂为多，银桂次之，丹桂很少。花有只开一季的；也有四季开的，称"四季桂"；月月开的，称"月桂"。可是一季开的着花最繁，并且先后可开二次，香也最浓；四季桂和月桂着花稀少，香也较淡，不过每到秋季，也一样是花繁香浓的。台州天竺所产桂，名"天竺桂"，是桂中异种，逐月开花，只在叶底枝头，点缀着寥寥数点。天竺的僧人们称之为月桂，好在花能结实，大小与式样，与莲子很相像，那就是所谓桂子了。

我于去冬得老桂一本，干粗如成人的臂膀，强劲有力，也是月月开花，并且是结实的，大概就是天竺桂。今秋着花累累，初作淡黄色，后泛深黄，我把密叶剪去，花朵齐露于外，如金粟万点，十分悦目。所难得的这老桂是个盆栽，栽在一只长方的白砂古盆里，高不满二尺，开花时陈列在爱莲堂中，一连三天，香满一堂。朋友们见了，都赞不绝口，这也可算是吾家盆栽中的一宝了。

记得二十年前，我曾从邓尉山下花农那里买到枯干的老桂三本，都是百余年物，分栽在三只紫砂大圆盆里，每逢中秋节边，看花闻香，悦目怡情，曾咏之以诗："小山丛桂林林立，移入古盆取次栽。铁骨金英枝碧玉，天香云外自飘来。"可惜在对日抗战时期，我避寇出走，三桂乏人照顾，已先后枯死，幸而最近得了这株天竺桂，虽然不是枯干，而姿态之古媚，却胜于三桂，我也可以自慰了。

向例桂花开放时，总在中秋前后，天气突然热起来，竟像夏季一样，苏人称之为"木犀蒸"，桂花一经蒸郁，就烂烂漫漫地盛开了；我觉得这"木犀蒸"三字很可入诗，因戏成一绝："中秋准拟换吴绫，偏是天时未可凭。踏月归来香汗湿，红闺无奈木犀蒸。"

江浙各处，老桂很多，杭州西湖上满觉垅一带，满坑满谷的都是老桂，花时满山都香，连栗树上所结的栗子，也带了桂花香味，所以满觉垅的桂花栗子，也是迤逦驰名的。听说，嘉兴有台桂，还是明代以前物，花枝一层层的成了台形，敷荫绝大，花开时香闻远近村落，诗人墨客，纷纷赋诗称颂，不知现仍无恙否？常熟兴福寺中有唐桂，一根分出好几株来，亭亭直立，去秋我曾冒雨往观，每株树身并不很粗，不过碗口模样，据我看来，至多是明桂，倘说是唐代，那么原树定已枯死，这是几代以下的孙枝了。鲁迅先生绍兴故宅的院落中，有一株四季桂，据说饱阅风霜，已有二百余年之久，从主干上生出三株六枝来，像是三树合抱而成的一株大树，荫蔽了半个院落，先生童年时，常常坐在这桂树下听他母亲讲故事的。

我家园子里也有三株桂树，一大二小，都不过三四十年的树龄，今秋花虽开得较迟，而也不输于往年的繁盛。我因桂花也可窨茶，运往苏联和其他民主国家，可换机器，因此自己享受了一二天的鼻福，摘下了几枝作瓶供，就让邻人们勒下花朵来，以每斤六千元的代价，卖与虎丘茶花合作社了（据说窨茶以银桂为佳，所以代价也比金桂高一倍）。苏州市的几个园林中，都有很多的桂树，而以怡园、留园为最，各在桂树丛中造了一座亭子，以资坐息欣赏；怡园的亭子里有"云外筑婆娑"一额；留园的亭子里有"闻木犀香"一额，我这一篇小文，就借以为名，写到这里，仿佛闻到一阵阵的木犀香，透纸背而出。

养金鱼

往时一般在名利场中打滚的人，整天的忙忙碌碌，无非是为名为利，差不多为了忙于争名夺利，把真性情也泪没了。大都市中，有的人以为嫖赌吃喝，可以寄托身心，然而这是糜烂生活的一环，虽可麻醉一时，未免取法乎下了。

现在新社会中，大家忙于工作，不再是为名为利，大都是为国为民；然而忙得过度，未免影响健康，总得忙里偷闲，想个调剂精神的方法，享受一些悠闲的情趣，我以为玩一些花鸟虫鱼，倒是怪有意思的。说起花鸟虫鱼，也正浩如烟海，要样样玩得神而明之，谈何容易。单以蓄养金鱼而论，此中就大有学问，决不是粗心浮气的人，所能得其奥秘的。

我在对日抗战以前，曾经死心塌地地做过金鱼的恋人，到处搜求稀有的品种、精致的器皿，并精研蓄养与繁殖的法门，更在家园里用水泥建造了两方分成格子的图案式池子，以供新生的小鱼成长之用，可谓不惜工本了。当时所得南北佳种，不下二十余品，又为了原名太俗，因此借用词牌、曲牌做它们的代名词，如朝天龙之"喜朝天"，水泡眼之"眼儿媚"，翻鳃之"珠帘卷"，堆肉之"玲珑玉"，珍珠之"一斛珠"，银蛋之"瑶台月"，红蛋之"小桃红"，红龙之"水龙吟"，紫龙之"紫玉箫"，乌龙之"乌夜啼"，青龙之"青玉案"，绒球之"抛球乐"，红头之"一萼红"，燕尾之"燕归梁"，五色小兰花之"多丽"，五色绒球之"五彩结同心"等，那时上海文庙公园的金鱼部和其他养金鱼的人们都纷纷采用，我也沾沾自喜，以为我道不孤。

古人以文会友，我却以鱼会友，因金鱼而结识了好多专家，内中有一位号称金鱼博士的吴吉人兄，尤其是我的高等顾问，我那陈列金鱼的专室"鱼乐国"中，常有他的踪迹；他助我搜罗了不少名种，又随时指示我养鱼的经验，使我寝馈于此，乐而忘倦。明代名士孙谦德氏作《朱砂鱼谱》，其小序中有云："余性冲澹，无他嗜好，独喜汲清泉养朱砂鱼，时时观其出没之趣，每至会心处，竟日忘倦。惠施得庄周非鱼不知鱼之乐，岂知言哉！"我那时的旨趣，正与孙氏一般无二，虽只周旋于二十四缸金鱼之间，而也深得濠上之乐的。

不道"八一三"日寇进犯，苏州沦陷，我那二十四缸中的五百尾金鱼，全都做了他们的盘中餐，好多年的心血结晶，荡然无存，第二年回来一看，触目惊心，曾以一绝句志痛云："书剑飘零付劫灰，池鱼殃及亦堪哀。他年稗史传奇节，五百文鳞殉国来。"虽说以五百金鱼之死，比之殉国，未免夸大，然而它们都膏了北海道蛮子的馋吻，却是铁一般的事实。胜利以后，因名种搜罗不易，未能恢复旧观，而我也为了连遭国难家忧，百念灰冷，只因蜗居爱莲堂前的檐下挂着一块"养鱼种竹之庐"的旧额，不得不置备了五缸金鱼，略事点缀，可是佳种寥寥，无多可观，我也听其自生自灭，再也不像先前的热恋了。

一年无事为花忙

　　园中的花树果树，按时按节乖乖地开花结果，除了果树根上一年施肥一次外，并不需要多大的照顾；我的最大的包袱，却是那五六百盆大型、中型、小型、最小型的盆景盆栽，一年无事为花忙，倒也罢了；可是即使有事，也得分身为它忙着。春季忙于翻盆，夏季忙于浇水，秋季忙于修剪，冬季忙于埋藏，这是指其荦荦大者；至于施肥和其他零星工作，可没有一定，像我这样的花迷花痴，没有事也得找些事出来，天天总想创作一二个盆景，以供大众欣赏，那更忙得喘不过气来了。

　　至于上面所说的四季的工作，也不是固定的；譬如春季翻盆，秋季、冬季也可翻盆，不过我却是在春季格外忙一些，因为有好几十盆大大小小的梅桩，在开过了花之后，必须一一剪去枝条，由瓷盆或紫砂细盆中翻入瓦盆培养，换上新泥，施以肥料，忙得不可开交。记得解放以前曾有过四首七绝咏其事：

　　"不事公卿不辱身，翛然物外葆天真。长年甘作花奴隶，先为梅花忙一春。"

　　"或象螭蟠或虎蹲，陆离光怪古梅根。华堂经月尊彝供，返璞还真老瓦盆。"

　　"删却枝条随换土，瓦盆培养莫相轻。残英沾袖余香在，似有依依惜别情。"

"养花辛苦有谁知，雨雨风风要护持。但愿来春春意足，瑶花重见缀琼枝。"

这四首诗，确是实录。此外，还有别的许多盆树，倘见有不健康的模样，也须逐一翻盆，所以春季翻盆工作是够忙的了。浇水原不限于夏季，春秋以至冬季都须浇水；只因夏季赤日当空，盆土容易晒干，尤以浅盆为甚，甚至一天浇一次还嫌不够，要浇二次、三次之多。试想浇五六百盆要汲多少水？要费多少手脚？所以夏季浇水，实在是主要的工作，而也是最繁重、最累人的工作。若是春、秋二季，阳光较弱，不一定天天要浇；冬季更为省力，只须挑盆面发白的浇一下好了。

修剪工作以春、秋二季最为相宜，我却于暮秋叶落之际，忙于修剪；或则延至来春萌芽之前动手，亦无不可，但我生性急躁，总是当年就跃跃欲试了。到了冬季，花木大都入于睡眠状态，似乎不须再忙；但是第一要着，得赶快做保卫工作，以防寒流的突然袭来，抵抗力较弱的盆树，一经冰冻，就有致命的危险。

记得一九五二年初冬，有一天寒流忽如飞将军之从天而降，单单在一夜之间，田间菜蔬全都冻坏，我也没有防到初冬会这样的寒冷，所有盆树全未埋藏，以致损失了好几十盆，中如枯干的绣球，老本的丁香，都是只此一家，并无分出的，不幸都作了惨烈的牺牲；甚至抵抗力素称强大的枸杞、迎春、石榴等等，以及生长山野中从不畏寒的山枫老干，也有好多本被寒流杀死了。

我痛定思痛，至今还惋惜着这无可弥补的损失。所以去冬绸缪未雨，一过立冬，就忙着把较小的盆树尽先收藏到面南的小屋中去，然后将大型的盆树，连盆埋在地下，以免寒流袭来时措手不及。这一个赶做埋藏工作的时期，也是够忙的；并且我家缺少劳动力，中型、小型的盆树，我自己还可亲自动手移放，而大型的盆树有重至一二百斤的，那就非请人家帮忙不可了。可是我这一年四季的忙，也不是白忙的，忙里所得的报酬，是好花时餍馋眼，嘉果常快朵颐，并且博得了近悦远来的宾客们的赞誉。

劳者自歌

我从十九岁起,卖文为活,日日夜夜地忙忙碌碌,从事于撰述、翻译和编辑的工作。如此持续劳动了二十余年,透支了不少的精力,而又受了国忧家恨的刺激,死别生离的苦痛,因此在解放以前愤世嫉俗,常作退隐之想;想找寻一个幽僻的地方,躲藏起来,过那隐士式的生活,陶渊明啊,林和靖啊,都是我理想中的模范人物。当时曾做过这么两首诗:"廿年涉世如鹏举,铩羽中天便不飞。平子工愁无可解,养鱼种竹自忘机。""虞初三百难为继,半世浮名顷刻花。插脚软红徒泄泄,不如归去乐桑麻。"又曾集龚定公句云:"阅历名场万态更,非将此骨媚公卿。萧萧黄叶空村畔,来听西斋夜雨声。"我的消极和郁闷的心情,于此可见。解放以后,我国家获得了新生,我个人也平添了活力;我这陶渊明式、林和靖式的现代隐士,突然走出了栗里,跑下了孤山,大踏步赶到十字街头,面向广大的群众了。

包天笑前辈远客香岛,常有信来诉说思乡之苦;最近的一封信中说是新得一梦,梦中给我题诗,有"好与江南传韵事,风流文采一周郎"句,我即回说:"好与南中传一讯,周郎还是旧周郎",因为今日年已花甲的我,矫健活泼,仍像旧日的我一模一样;曾有一位人民政府的高级干部,问明了我的年龄,他竟不相信，说我活像是一个四十多岁的人。为甚么我现在还不见老呢？实是得力于爱好劳动之故。二十年来，我从没有病倒过一天，连阿司匹灵也是与我无缘的。我的腰脚仍然很健，一口气可以走上北寺塔的最高层，一口气也可跑上天平山的上白云，朋友们都说我生着一双飞毛腿，信不信由你！

我平生习于劳动，劳心劳力，都不以为苦，每天清早四五点钟一觉醒来，先就在枕上想好了一天中应做的工作。盆景、盆栽、水石等共有好几百件，一部分必须朝晚陈列搬移，还有翻盆、施肥、灌溉、修剪等事总是忙不过来。人家见我有那么多的东西，以为我定有一二助手，谁知我却是独力劳动，除非出去参加会议或学习，那就不得不请妻和老妈子代劳一下了。到了下雨天，似乎可以休息了，然而我也不肯休息，趁此做些盆景，往往冒着雨，掘了园地上各种小枫、小竹子等做起来，淋湿了衣服，也没有觉察。做好以后，供之几案，既供自己把玩，也可供群众欣赏；其他种种成果，一言难尽，真的是近悦远来，其门如市，他们都说于工作紧张之后，看了可以怡情悦性。又有一位国际友人说："我到了这里来，竟舍不得去了。"这些不虞之誉，就是我历年劳动的收获，劳动的酬报，快慰之余，因为之歌：

"劳动劳动，听我歌颂。身强力壮，从无病痛。脚健手轻，自然受用。忧虑全消，愉快与共。个人如此，何况大众。丁农携手，力量集中。创造般般，生产种种。国之所宝，人之所重。劳动劳动，听我歌颂。"

记义士梅

我记了明代为反对魏忠贤的暴政而壮烈牺牲的颜、马、沈、杨、周五位义士，就不由得使我想起当年十分宝爱的那株义士梅来；因为这株梅花是长在五人墓畔的，所以特地给它上了个尊号，称之为义士梅。我和义士梅的一段因缘，前后达十年之久，是不可以无记。

我于"九一八"那年举家从上海迁到故乡苏州以后，从事园艺，就搜罗了不少盆栽，作为点缀；又因自己与林和靖有同癖，对于盆梅更为爱好，每有所见，非设法买回来不可。有一天见护龙街（即今之人民路）的自在庐骨董铺中，陈列着好几盆老梅，内中有一株，铁干虬枝，更见苍古，似是百年以外物，那时正开着一朵朵单瓣的白梅花，很饶画意。我一见倾心，亟欲据为己有；谁知一问代价，竟在百金以上，心想平日卖文为活，哪有闲钱买这不急之物，只得知难而退。后来结识了主人赵君培德，相见恨晚，常去观赏骨董，说古论今；有一次偶然谈及那株老梅，据说是从山塘五人墓畔得来的，培养已好几年了，好似义士们的英魂凭依其上，老而弥健。他见我对于这老梅关注有加，愿意割爱相赠，我因赵君和我一样的有和靖之癖，不愿夺人所好，因此婉言辞谢。过了两年，赵君因病去世，而老梅却矫健如常，

由一位花丁周耕受培养着，每逢梅花时节，我还是要去观赏一下。不料"八一三"日寇陷苏，周的园圃遭劫，他也郁郁而死；这老梅辗转落入上海花贩陈某之手；那年年终，和其他盆梅陈列在南京路慈淑大楼之下，将待善价而沽。我得了消息，忙去问价，竟要索一百二十金，这时我恰好给人做了一篇寿序，得润笔百金，就加上了二十金，把它买了回来。十年心赏之物，终归我有，有如藏娇金屋，欢喜无量，因赋绝句十首以宠之："铁干虬枝绣古苔，群芳谱里百花魁。托根曾在五人墓，尊号应封义士梅。""嵌空刻骨老弥坚，花寿绵绵不计年。却笑孤山无此本，鲰生差可傲逋仙。""幸有廉泉润砚田，笔耕墨耨小丰年。梅花元比黄金好，那惜长门卖赋钱。""十载倾心终属我，良缘未乖慰平生。何当痛饮千钟酒，醉傍梅根卧月明。""玉洁冰清绝点埃，风饕雪虐冒寒开。年年历尽尘尘劫，傲骨嶙峋是此梅。""晴日和风春意足，南枝花发自纷纷。闺人元识花光好，佯说枝头满白云。""丛丛香雪白皑皑，照夜还疑玉一堆。骨相高寒常近月，缟衣仙子在瑶台。""傲雪傲霜节自坚，花开总在百花先。珊珊玉骨凌波子，离合神光照大千。""无风无雪一冬晴，冷蕊疏枝入眼明。丽日烘花花骨暖，海红帘角暗香生。""萍飘蓬泊在天涯，春到江南总忆家。梅屋来年容小隐，何妨化鹤守寒花。"读了这十首诗，便可想见我的踌躇满志了。

义士梅归我三年，年年春初开满了花，足餍馋眼；我也往往于花时举行茶会，招邀画友诗友同来欣赏。他们于赞叹之下，或为写生，或加品题，更使此梅生色。写生的有郑午昌、许徵白、王师子、马公愚诸画师；题诗的也不少，如叶誉虎前辈二绝云：

"气得江山助，心还铁石同。堪嗤桃与李，开落任东风。""托根五人墓上，传芳香雪园边。美人丰度翩若，义士须眉俨然。"还有古风律诗多首，不能毕录。可惜第四年上，它不知怎的竟在寄存的黄园中死去了。我如失至宝，哭之以文。抗战胜利后重返苏州故园时，好似千金市骏骨一般，把它的枯干带了回来，至今还宝藏着。

迎春花

迎春花又名金腰带，是一种小型灌木，往往数株丛生，也有独本而露根，伸张如龙爪的，姿态最美。干高一二尺、三四尺不等，可作盆栽，要是种在地上，可达一丈以上。茎作方形，上端纤细而延长，因有"金腰带"之称。茎上对节生小枝，一枝有三叶，叶厚，作深绿色，与小椒叶很相像而没有锯齿。春前开鹅黄色小花，六瓣，略似瑞香，不会结实，又有开花作两叠的，自是异种，也许来自日本。花后剪其枝条，插在肥土中即活，二三月中用烊牲水浇灌，来春花必繁茂。

迎春虽很平凡，而开在梅花之先，并且性不畏寒，花时很长，与梅花仿佛。我曾有句云："不耐严冬寒彻骨，如何迎得好春来。"顾名思义，自是花中可儿。然而虽说它并不畏寒，可是前二年初冬时，寒流突然袭来，也竟抵抗不得，我旧有的几株老干迎春，都是断送在这一次寒流之下的；只有一株悬崖形的至今无恙，如鲁灵光之巍然独存。旧籍中称迎春为僭客，又有品为六品四命和七品三命的，不知何所取义。迎春枝条多长而纤细，婀娜多姿，种在深盆中，作悬崖形，使它的柔条纷披下垂，最为美观。

迎春花倒也是古已有之的，唐宋时代，就见之于诗人笔下了。如白香山《玩迎春花赠杨郎中》云："金英翠萼带春寒，黄色花中有几般。凭君语向游人道，莫作蔓菁花眼看。"韩琦《中书东厅·迎春》云："覆阑纤弱绿条长，带雪冲寒坼嫩黄。迎得春来非自足，百花千卉共芬芳。"刘敞《阁前迎春花》云："沉沉华省锁红尘，忽地花枝觉岁新。为问名园最深处，不知迎得几多春。"断句如晏殊《咏迎春》云："浅艳侔莺羽，纤条结兔丝。偏凌早春发，应诮众芳迟。"以花色比作黄莺的羽毛，以枝条比作纤柔的兔丝，更以花之早开为当然，而诮他花之迟放，寥寥二十字，已将迎春花的特点写尽了。

词中咏迎春的较少，宋人赵师侠曾有《清平乐》一阕云："纤秾娇小，也解争春早。占得中央颜色好。装点枝枝新巧。　东皇初到江城。殷勤先去迎春。乞与黄金腰带，压持红紫纷纷。"将迎春和金腰带两个名称，全都带上了。

今年立春较迟，迎春花也开得迟了一些；可是我有一盆老本的，在一个月以前已疏疏落落地开了。此外，如悬崖形的一本和其他小型的三本，都还含苞未放，大概真要捱到了立春节方肯迎春吧？

百花生日

百花生日又称花朝，日期倒有三个：宋时洛阳风俗以二月二日为花朝节，又为挑菜节；东京以二月十二日为花朝，作扑蝶会；成都以二月十五日为花朝，也有扑蝶会。昔人以挑菜、扑蝶点缀花朝，事实上这时期蝴蝶绝无仅有，不知怎样作扑蝶会的。挑菜倒大有可为，如荠菜、马兰头等，都可挑来做菜，鲜嫩可口，不过现在早已没有挑菜节这个名目了。总之，花朝在二月，是肯定的；正如汉张衡《归田赋》所谓"仲春令月，时和气清，原隰郁茂，百草滋荣"。百草既已滋荣，百花也萌芽起来，称花朝为百花生日，也是很恰当的。

苏州风俗，一向以农历二月十二日为花朝。女郎们剪了五色彩缯黏花枝上，称为"赏红"；现在可简化了，不用彩缯而用红纸，又做了三角形的小红旗插在花盆里，为花祝寿。从前虎丘花神庙中，还要献牲击乐，以祝花诞。清代蔡云《吴歈》所谓："百花生日是良辰，未到花朝一半春。红紫万千披锦绣，尚劳点缀贺花神。"此诗就是专咏这回事的。虎丘花神庙有一联很为工妙："一百八记钟声，唤起万家春梦；二十四番风信，吹香七里山塘。"不知是何人手笔？

唐代武则天于花朝日游园，令宫女采了百花，和米捣碎，蒸成了糕，赐与从臣。宋代制度，花朝日守土官必须到郊外去察看农事。明代宣德二年，御制花朝诗，赐尚书裴本。这些故事，都可作花朝谈助。

我于每年花朝前后梅花怒放时，例必邀知友八九人作酒会或茶会，一面赏梅，一面也算为百花祝寿，总是兴高采烈的。只记得当年日寇侵入苏州后的第二年，我局促地住在上海一角小楼中，花朝日恰逢大雨，而心境又很恶劣，曾以一绝句寄慨云："夭桃沐雨如沾泪，弱柳梳风带恨飘。燕子不来帘箔静，百无聊赖是今朝。"那年节令较早，所以花朝日桃花已开放了。

任何人逢到自己的生日，总是希望这一天是日暖风和的；花朝是百花的生日，更非日暖风和不可，下了雨，可就把花盆里的红纸旗都打坏了。清末诗人樊樊山有《花朝喜晴》一诗云："准备芳辰荐寿杯，南山佳气入楼台。鹊如漆吏荒唐语，花为三郎烂漫开。甚欲挽留佳日住，都曾经历苦寒来。晚霞幽草皆颜色，天意分明莫浪猜。"第五、六句很有意义。

词中咏花朝的，我最爱清代画家兼词人改七芗有一阕《菩萨蛮》云："晓寒如水莺如织。苔香软印沙棠屐。幡影小红阑。销魂似去年。　春人开笑口。低祝花同寿。花语记分明。百花同日生。"又董舜民《蝶恋花·花朝和内》云："屈指春光将过半。又是花朝，花信春莺唤。情绪繁花花影乱，护花花下将花看。　拈花笑倩如花伴。细读花间，花也应肠断。花落花开花事换，编成花史山妻管。"词中共有十五个花字，用以歌咏百花生日，确是很适合的。

桃花琐话

"桃之夭夭，灼灼其华"，这是《诗经》中的名句。每逢阳春三月，见了那烂烂漫漫的一树红霞，就不由得要想起这八个字来，花枝的强劲，花朵的茂美，就活现在眼前了。桃，到处都有，真是广大群众的朋友，博得普遍的喜爱。

桃的种类不少，大致可分单瓣、复瓣二大类。单瓣的能结实，有一种十月桃，迟至十月才结实，产地不详。复瓣的有碧桃，分白色、红色、红白相间、白地红点与粉红诸色，而以粉红色为最名贵。他如鸳鸯桃、寿星桃、日月桃、瑞仙桃、美人桃（即人面桃）等，也大都是复瓣的。

我有一株盆栽的老桃树，至少有三四十年的树龄，在吾家也已十多年了，枯干槎枒，好像是一块绉瘦透漏的怪石。桃干最易枯朽，难以持久，而这一株却很坚实，可说是得天独厚。每年着花很多，并能结实，去年就结了十多个桃子，摘去了大半，剩下六个，虽不很大，而也有甜味。我吃了最后的一个，算是劳动的报酬，胜利的果实。我又有一株安徽产的碧桃，也是数十年物，干身粗如人臂，屈曲下垂，作悬崖形。花为复瓣，大似银圆，作粉红色，很为难得，每年着花累累，鲜艳可爱。这两株桃花，同时艳发，朋友们都称之为吾家盆栽中的二宝。

晋代陶渊明作《桃花源记》，原是寓言八九，并非真有其地，而后世读者，都向往于这个世外桃源，也足见其文字之魅力了。我藏有明代周东邨所作《桃花源图》大幅，上有嘉靖某某年字样，笔酣墨饱，精力弥满，经吾友吴湖帆兄鉴定，疑是他的高足仇十洲的代笔。我受了此画的影响，因于前二年制一大型水石盆景，有山、有水、有洞、有屋舍、有田野、有船、有渔人、有桃花林、有种田的农民，俨然是一幅《桃花源图》，自以为平生得意之作。可是桃花并不是真的，我将天竹剪成短枝，除去红子，就有一个个小颗粒，抹上了红漆，居然活像是具体而微的桃花了。

桃花必须密植成林，花时云蒸霞蔚，如火如荼，才觉得分外好看。据《武夷杂记》载："春山霁时，满鼻皆新绿香，访鼓楼坑十里桃花，策杖独行，随流折步，春意尤闲。"又宁波府城东，相传汉代刘晨、阮肇二人曾在此采药，春月桃花万树，俨然是桃源模样。茅山乾元观，前有道士姜麻子，从扬州乞得烂桃核好几石，在空山月明中下种，后来长出无数桃树，长达五里余。西湖包家山，宋时有"蒸霞"匾额，因山上独多桃花之故，二三月间，游人纷纷来看桃花，称之为"小桃源"。又栖霞岭满山满谷都是桃花，仿佛红霞积聚，因以为名。古田县黄檗山桃树密集，山下有桃坞、桃湖、桃洲、桃溪诸胜，简直到处都是桃花了。又溆浦一名华盖山，从前曾有人种下了千树桃花，至今有桃花圃之称。上海龙华一带，旧有桃树极盛，每逢春光好时，游人趋之若鹜，而后来却逐渐减少。现在龙华塔已修复了，我以为还该种植桃树千百株，才可恢复旧观。苏州市园林管理处今春在城

东动物园对面的城墙上，种了桃树几百株，将来开了花，红霞照眼，真如一面大锦屏了。

苏州城内西北隅，有桃花坞，现在虽只是一条长街，大概古时是有很多桃花的。明代大画家唐寅（伯虎）晚年曾卜宅于此，卖画为活，其居处名桃花庵，后来改为准提庵了。

唐明皇御苑中，有千叶桃花，每逢桃花盛开时，与杨贵妃天天宴饮树下，他说："不独萱草忘忧，此花亦能销恨。"他又亲自折了一枝，插在贵妃的宝冠上，端详着笑道："此花尤能助娇态也。"所谓千叶桃花，就是碧桃，因为它是复瓣之故，比了单瓣的更见娇艳。我的园子里，旧有碧桃四株，三株是深红色的，一株是红白相间的，树干高三丈余，盛开时真如一片赤城霞，十分鲜艳，园外也可望见，在万绿丛中，特别动目。花落时猩红满地，好似铺上了一条红地毯。可惜因树龄都在二十年以上，先后枯死了，这是一个不可弥补的损失！词中咏碧桃的不多见，曾见宋代秦观有《虞美人》一阕云："碧桃天上栽和露。不是凡花数。乱山深处水潆回。可惜一枝如画向谁开。　轻寒细雨情何限。不道春难管。为君沉醉一何妨，只怕酒醒时候断人肠。"他说"不是凡花数"，这是给与碧桃花的一个很高的评价。

山茶花开春未归

"山茶花开春未归，春归正值花盛时"，这是宋代曾巩咏山茶花句，将山茶开花的时期说得很明白。其实一冬在温室中培养的，那么不待春来，早就开花了。今年春初，春寒料峭，并在下雪的时光，我却在南京玄武湖公园的莳花展览会中，看到了好几十盆在温室中催开的山茶。我最爱一种花鹤顶，花瓣并不整齐，色作深红，有几瓣洒大白斑，十分别致。又有倚阑娇一种，白瓣中洒红点红丝；红妆素裹一种，白瓣洒红斑。这两种花如其名，都很可爱。花瓣全白，花朵特大的，名无瑕玉。又有满月与睡鹤二种，也是全白大花，与无瑕玉是大同小异的。桃红色的有合欢娇、粉妆楼、醉杨妃三种，正与花名同样的娇艳。这时我家园子里的十多盆山茶，还是像睡熟似的，毫无动静，不料在南京却看到了这许多烂烂漫漫的山茶花，自庆眼福不浅！真如宋代俞国宝诗所谓"归来不负西游眼，曾识人间未见花"了。

山茶一称玉茗，又名曼陀罗。苏州拙政园有十八曼陀罗花馆，就因为往年前庭有十八株山茶花之故。树身高的达一丈以外，低的约二三尺，可作盆栽；叶厚而硬，有棱，作深绿色，终年不凋。惜树干不易长大，老干枯干绝少。抗日战争以前，我有一株悬崖形老干的银红色山茶，直径在六寸以外，入春开花百余

朵，鲜艳欲滴。又有一株半悬崖形的纯白色山茶，名雪塔，干已半枯，苍老可喜。可惜这两株已先后病死。幸喜前年又得了一株老干的雪塔，高约丈许，亭亭如盖，种在一只圆形古砂盆中，去春着花百余，一白如雪。只因去冬严寒，立春后还含苞未放，有的花蕊已僵化了。

　　山茶以云南产为最，有滇茶之称。据《滇中茶花记》说："茶花最甲海内，种类七十有二，冬末、春初盛开，大于牡丹，一望若火齐云锦，烁日蒸霞。南城邓直指有茶花百韵诗，言茶有数绝：寿经三四百年，尚如新植；枝干高竦四五丈，大可合抱；肤纹苍润，黯若古云气樽罍；枝条黝纠，状如麈尾龙形；蟠根轮囷离奇，可凭而几，可借而枕；丰叶深沉如幄；性耐霜雪，四时常青；次第开放，历二三月；水养瓶中，十余日颜色不变。"山茶花的耐久，我们大家知道。至于"寿经三四百年"，"高竦四五丈，大可合抱"，并且"蟠根轮囷离奇"的，却从未见过，真使人神往于昆明池边了。又据闻云南会城的沐氏西园中，有楼名簇锦，四面种着几十株二丈高的山茶，花簇其上，数以万计，紫的、红的、白的、洒金的，色色都有，灿若云锦，曾有人宠之以诗，有"十丈锦屏开绿野，两行红粉拥朱楼"之句，看了这数以万计的各色茶花，真觉得洋洋大观，大可过瘾了。

国色天香说牡丹

宋代欧阳修《牡丹记》，说洛阳以谷雨为牡丹开候；吴中也有"谷雨三朝看牡丹"之谚，所以每年谷雨节一到，牡丹也烂烂漫漫地开放了。今年农历三月二十九日，是谷雨节，而吾家爱莲堂前牡丹台上粉霞色的玉楼春，已开放了三天，真是玉笑珠香，娇艳欲滴，开得恰到好处。因为去冬严寒，今春着花较少，白牡丹与二乔都没有花，紫牡丹含苞僵化；还有名种紫绢，也后期开放，瓣薄如绢，色作紫红，自是此中俊物，我徘徊花前，饱餐秀色，真的是可以忘饥了。

牡丹有鼠姑、鹿韭、百两金等别名，都不雅；又因花似芍药而本干如木，又名木芍药。古时种类极多，据说多至三百七十余种，以姚黄、魏紫为最著。他如玛瑙盘、御衣黄、七宝冠、殿春芳、海天霞、鞓红、醉杨妃、醉西施、无瑕玉、万卷书、檀心玉凤、紫罗袍、鹿胎、萼绿华等种种名色，实在不胜枚举，可是大半已断了种。

唐开元中，明皇与杨妃在沉香亭前赏牡丹，梨园弟子李龟年捧檀板率众乐前去，将歌唱，明皇不喜旧乐，因命翰林学士李白进《清平调》辞三章。我最爱他咏白牡丹的一章："云想衣裳花想容。春风拂槛露华浓。若非群玉山头见，会向瑶台月下逢。"还有咏红牡丹的一章，也写得很好。又太和、开成中，有中书舍人李正封咏牡丹诗，有"国色朝酣酒，天香夜染衣"之句，当时皇帝听了，大加称赏；一面带笑对他的妃子说道："你只要在妆台镜前，喝一紫金盏酒，那就可以切合正封的诗句了。"

宋代张功甫镃，爱好花木，曾有《梅品》一作，文字也很娴雅。他于牡丹花开放时，招邀友好，举行牡丹会。宾客齐集后，堂中寂无所有，一会儿他问："香已发了没有？"左右回说发了；于是吩咐卷帘，立时有异香自内发出，一座皆香。当有歌姬多人或捧酒肴，或携丝竹，姗姗而来；另有白衣美人十位，所有首饰衣领全是牡丹，头戴照殿红，一姬拍檀板歌唱侑觞，歌罢乐作，才退下去。随后帘又下垂，宾客谈笑自若。不久香又发出，重又卷帘，另有十姬换了衣服和牡丹款步而至，大抵戴白花的穿紫衣，戴紫花的穿鹅黄衣，戴黄花的穿红衣，如此饮酒十杯，衣服和牡丹也更换十次；所歌唱的都是前辈的牡丹名词，酒阑席散，姬人和歌唱者列行送客，烛光香雾中，歌吹杂作，宾客们恍恍惚惚，好似登仙一样。这一个赏牡丹的故事，充分反映了官僚地主阶级极尽奢侈腐化的享乐生活。

牡丹时节最怕下雨，牡丹一着了雨，就会低下头来，分外的楚楚可怜。明代文人王百榖《答任圆甫书》云："佳什见投，与名花并艳，贫里生色矣。得近况于张山人所，甚悉，姚魏千畦，不减石家金谷，颇憾雨师无赖，击碎十尺红珊瑚耳。"牡丹花开放之后，一经风雨就败；因此风伯和雨师倒变成了牡丹的大敌。

清代乾隆年间，东台举人徐述夔作《紫牡丹》诗，有"夺朱非正色，异种亦称王"一联，借紫牡丹来指斥清朝统治者，的是有心人。其坟墓在石湖磨盘山上，墓碑上大书"紫牡丹诗人徐述夔先生之墓"。如此诗人，才不愧诗人之称。

杜鹃花发映山红

杜鹃花一名映山红，农历三四月间杜鹃啼血时，此花便烂烂漫漫地开放起来，映得满山都红，因之有这两个名称。此外，又有踯躅、红踯躅、山踯躅、谢豹花、山石榴诸名，而日本却称之为皋月，不知所本。花枝低则一二尺，高则四五尺，听说黄山和天目山中，有高达一丈外的。一枝着花三数，有红、紫、黄、白、浅红诸色，有单瓣、双瓣、复瓣之别。春季开放的称为春鹃，夏季开放的称为夏鹃。春鹃多单瓣与双瓣，桃鹃夏开，却为复瓣，并且不止一色，有作桃红色的，也有白地而加红线条的。四川、云南二省都以产杜鹃花名闻天下，多为双瓣。国外则推荷兰所产为最，复瓣而边缘有褶皱，状如荷叶边；日本人取其种，将花粉交配，异种特多；著名的有王冠、天女舞、四海波、寒牡丹、残月、晓山诸种。二十余年前，我搜罗了几十种，可惜在抗日战争期间，避地他乡，失于培养，先后枯死了。

清初陈维岳有《杜鹃花小记》云："杜鹃产蜀中，素有名，宜兴善权洞杜鹃，生石壁间，花硕大，瓣有泪点，最为佳本，不亚蜀中也。杜鹃以花鸟并名，昔少陵幽愁拜鸟，今是花亦可吊矣。"善权洞产生瓣有泪点的杜鹃花，倒是闻所未闻，不知今仍有之否？

昔人诗中咏杜鹃花的，多牵连到鸟中的杜鹃，甚至说是杜鹃啼血染成红色的。唐代李白《宣城见杜鹃花》云："蜀国曾闻子规鸟，宣城还见杜鹃花。一叫一回肠一断，三春三月忆三巴。"韩偓《净兴寺杜鹃花》云："一园红艳醉坡陀，自蒂连梢簇蒨罗。蜀魄未归长滴血，只应偏滴此丛多。"杨万里《杜鹃花》云："泣露啼红作么生？开时偏值杜鹃声。杜鹃口血能多少，恐是征人滴泪成。"杨巽斋《杜鹃花》云："鲜红滴滴映霞明，尽是冤禽血染成。羁客有家归未得，对花无语两含情。"红杜鹃花如果说是杜鹃啼血所染，其他紫、白、黄诸色的杜鹃花，那又该怎么说呢？可见这种说法是不科学的。

我于抗日战争以前，曾以重价买得盆栽杜鹃花一本，似为百年外物，苍古不凡。枯干粗如人臂，下部一根斜出，衬以苔石，活像一头老猿蹲在那里，花作深红色，鲜艳异常，我曾宠之以诗："杜鹃古木上盆栽，绝肖孤猿踞碧苔。花到三春红绰约，明珰翠羽入帘来。"抗战期间我不在家，根须受了蚁害，竟以致命。幸而前年又得了紫杜鹃花一大盆，盆也古旧，四周满绘山水，似是清初大画家王鉴所画的崇山峻岭，曲涧长河。这是清代潘祖荫的遗物，当作传家之宝。这盆花原为五千，入范氏手，枯死其二，范氏去世，归于我有。今年盛开紫红色花数百朵，密密层层，有如锦绣堆一般；来宾们观赏之下，莫不欢喜赞叹。

枇杷树树香

苏州市的水果铺里，自从柑橘落市以后，就略显寂寞。直到初夏枇杷上市，才又热闹起来，到处是金丸累累，可说是枇杷的天下了。枇杷树高一二丈，粗枝大叶，浓阴如幄，好在四时常绿，经冬不凋，因有枇杷晚翠之称。花型很小，在风雪中开放，白色五瓣，微有香气，唐代诗人杜甫因有"枇杷树树香"之句。昔人称颂枇杷，说它秋萌冬花，春实夏熟，备四时之气，其他果树，没有一种可以比得上的。它有两个别名——卢橘与炎果。又因其色黄似蜡，称为蜡兄；大叶粗枝，称为粗客。它于农历三四月间结实，皮色有深黄有淡黄，肉色有红有白，红的称红沙，又名大红袍；白的称白沙，甜美胜于红沙。苏州洞庭东、西山，都是枇杷著名的产地，尤以东山湾里所产的红沙、槎湾所产的白沙为最美。每年槎湾白沙枇杷上市时，我总要一快朵颐，大的如胡桃，小的如荸荠，因称荸荠种，肉细而甜，核少而汁多，确是此中俊物，可惜产量较少，一会儿就没有了。

枇杷色作金黄，因此诗人们都以金丸作比。如宋代刘子翚句云："万颗金丸缀树稠，遗根汉苑识风流。"明代高启诗云："落叶空林忽有香，疏花吹雪过东墙。居僧记取南风后，留个金丸待我尝。"近代吴昌硕诗云："五月天气换葛衣，山中卢橘黄且肥。鸟疑金弹不敢啄,忍饥空向林间飞。"其实这是诗人的想象,并非事实,像吾家园子里的三株枇杷,一到黄熟时,就有不少是给鸟类抢先尝新的。

明代大画家沈石田,有友人送枇杷给他,信上误写了琵琶,沈戏答云:"承惠琵琶,开奁骇甚!听之无声,食之有味,乃知古来司马泪于浔阳,明妃怨于塞上,皆为一啖之需耳。今后觅之,当于杨柳晓风、梧桐秋雨之际也。"石田此信原很隽妙,但据辞书载,琵琶一作"枇杷",可是不知枇杷能不能也通融一下,写作"琵琶"呢?

清代朱竹垞,有《明月棹孤舟》一词咏枇杷云:"几阵疏疏梅子雨。也催得嫩黄如许。笑逐金丸,看携素手,犹带晓来纤露。 寒叶青青香树树。记东溪旧曾游处。日影堂阴,雪晴花下,长见那人窥户。"又宋代周必大咏枇杷诗有句云:"昭阳睡起人如玉,妆台对罢双蛾绿。琉璃叶底黄金簇,纤手拈来嗅清馥。可人风味少人知,把尽春风夏作熟。"这一词一诗虽咏枇杷,而此中有人,呼之欲出,自觉风致嫣然。

苏州东北街拙政园中,有个枇杷院,旧时种有枇杷树多株,因以为名。中有一轩,额曰"玉壶冰",现在是供游人啜茗的所在。我以为那边仍可多种几株枇杷,那么终年绿阴匼画,婆娑可爱,就将"玉壶冰"改为"晚翠轩",也无不可。

夏果摘杨梅

"冬花采卢橘，夏果摘杨梅"，这是唐代宋之问的诗句。卢橘就是枇杷，冬季开花，春季结实而夏季成熟；到得枇杷落市之后，那么就要让杨梅奄有天下了。杨梅木本，叶常绿，初春开花结实，肉如粒粒红粟，并无皮壳包裹；生的时候作白色，五月间成熟之后，就泛作红、紫二色。也有白色的，产量较少，甜味也在红、紫二种之下，并不足贵。杨梅品种，据说以会稽为第一，吴兴的弁山、宁波的舟山、苏州的光福也不差。而我们现在所吃到的，全是洞庭东西山的产品。

杨梅一名朹子，生僻得很，别号"君家果"。据《世说新语》载：梁国杨氏子，九岁就很聪明。有一天，孔君平来访他的父亲，恰不在家，因呼他出见。孔指盘中所盛杨梅道："这是君家果。"他应声道："却未闻孔雀是夫子家禽。"这个孩子心地的灵敏，于此可见。而杨梅也就因此而得了个"君家果"的别号。

解放前一年杨梅熟时，洞庭西山包山寺诗僧闻达上人邀我和范烟桥、程小青二兄同去一游。那时满山杨梅全已成熟，朱实离离，鲜艳悦目。山民于清早采摘，万绿丛中常闻笑语声，摘满了一筐，各自肩着回去。我曾咏之以诗，有"摘得杨梅还带露，一

肩红紫映朝晖"之句，当时情景，依稀还在眼前。清代陈其年有《一丛花》词，也是咏洞庭西山的杨梅的。词云："江城初泊洞庭船。颗颗贩匀圆。朱樱素柰都相逊，家乡在、消夏湾前。两崦蒙茸，半湖羃䍥，笼重一帆偏。……"

苏州光福与横山、安山等处，往时都产杨梅，并且有白杨梅，而我却从未染指，不知风味如何？扬州人称白杨梅为圣僧，莫名其妙。明代瞿佑有诗云："乃祖杨朱族最奇，诸孙清白又分枝。炎风不解消冰骨，寒粟偏能上玉肌。异味每烦山客赠，灵根犹是圣僧移。水晶盘荐华筵上，酪粉盐花两不知。"

杨梅甜中带酸，多吃伤齿，然而也有人以为带些酸倒是好的，如宋代方岳诗云："筠笼带雨摘初残，粟粟生寒鹤顶殷。众口但便甜似蜜，宁知奇处是微酸。"我们每吃杨梅，总得用盐渍过，目的是在杀菌，其实不如高锰酸钾来得有效。但是也有人以为渍了盐，可以减去酸味，此法唐代即已有之，如李太白《梁园吟》，有"玉盘杨梅为君设，吴盐如花皎白雪"之句。陆放翁批评他，说杨梅酸的才用盐渍，好的杨梅就不必用了。吾家吃杨梅，一向用盐，杀菌减酸，一举两得，并且也觉得别有风味。

仲秋的花与果

仲秋的花与果，是桂花与柿，金黄色与朱红色，把秋令点缀得很灿烂。在上海，除了在花店与花担上可以瞧到折枝的桂花外，难得见整株的桂树，而在苏州，人家的庭园中往往种着桂树，所以经过巷曲，总有一阵阵的桂花香，随着习习秋风飘散开来，飘进鼻官，沁入心脾。我的园子里也有三株桂树，一大二小，大的那株着花很繁，整日闻到它的甜香。我摘了最先开的一枝，供在亡妇凤君遗像之前，因为她生前也是爱好桂花的。到得花已开足，就采下来，浸了一瓶酒，以供秋深持螯之用；又渍了一小瓶糖，随时可加在甜点心的羹汤内，如汤山芋、糖芋艿、栗子、白果羹中，是非此不可的。

在抗日战争以前，我还有三株光福山中的桂花老树盆栽，都是百年以上物，苍老可喜，开花时尤其美妙。我曾以小诗宠之："小山丛桂林林立，移入盆中取次栽。铁骨金英枝碧玉，天香云外自飘来。"只因苏州沦陷后，我羁身海上不回家，园丁疏于培养，已先后枯死了，真是可惜之至！

柿，大概各地都有，而上市迟早不同，有大小两种，大的称铜盆，小的称金钵盂。杭州有一种方柿，质地生硬，可削了皮吃。我园有一株大柿树，每年都是丰收，累累数百颗，趁它略泛

红色时，就随时摘下来，用楝树叶铺盖，放在一只木桶里，过了十天到十五天，柿就软熟可以吃了。味儿很甜，初拿出来，颗颗发热，像在太阳下晒过一般。

古书中说，柿有七绝，一、树多寿，二、叶多荫，三、无鸟巢，四、少虫蠹，五、霜叶可玩，六、佳实可啖，七、落叶肥大，可以临书。这七绝确是实情，并不夸张。所说"落叶肥大，可以临书"，有一段故事可以作证：唐代郑虔任广义博士时，穷苦得很，学书苦无纸张。知慈恩寺有大柿树，布荫达数间屋，他就借住僧房，天天取霜打的红柿叶作书，一年间全都写满。后来他又在叶上写诗作画，合成一卷进呈，唐玄宗见了大为赞许，在卷尾亲笔批道："郑虔三绝。"

柿初红时，也可作瓶供。今秋我曾从树上摘下一长一短两大枝，上有柿十余只，只因太重了，插在古铜瓶巾，方能稳定。我整理了它的姿态，供在爱莲堂中央的方桌上，到现在快将一月，柿还没有大熟，却已红艳可爱。可惜叶片易于干枯，索性全都剪去，另行摘了带叶的大枝插在中间，随时更换，红柿绿叶，可以经久观赏。

枸　杞

枸杞的别名很多，有天精、地仙、却老、却暑、仙人杖、西王母杖等十多个。枸杞原是两种植物的名称，因其棘如枸之刺，茎如杞之条，所以并作一名。叶与石榴叶很相像，稍薄而小，可供食用。干高二三尺，丛生如灌木。夏季开浅紫色小花，花落结实，入秋作猩红，艳如红玛瑙。实有浑圆的，有椭圆的。椭圆的出陕甘一带，较为名贵，既可欣赏，又可入药。不论是花、叶、根、实，都可作药用。据说有坚筋骨、悦颜色、明目安神、轻身却老之功。它之所以别名西王母杖和仙人杖，料想就为了它有这些功效之故。

枸杞的实落在地上，入了土，就可生根，所以我的园子里几乎遍地皆是。春秋两季，采了它的嫩叶做菜吃，清隽有味。老干不易得。友人叶寄深兄，曾得一老干的枸杞，居中有一段已枯，更见古朴，大约是百年以外物，每秋结实累累，红艳欲滴。他为了重视这株枸杞之王，特请江寒汀画师写生，并题其书室为"杞寿轩"，可是去年已割爱让与庐山管理局了。我也有一株盆栽的老枸杞，作悬崖形，原出南京雨花台，已有好几十岁的年龄了；最奇怪的，干已大半枯朽，只剩一根筋还活着，我把一根粗铅丝络住了下悬的梢头，又在中部用细铅丝络住，看上去岌岌欲危，

不知能活到几时。哪里知道三年来它的生命力还是很强，年年开花结实，如火如荼。去年近根处又发了一根新条，今秋枝叶四布，结实很多，来春打算删去大半，以便保持下垂的梢头部分。我曾记之以诗，有"离离朱实莹如玉，好与闺人缀玉钗"之句。各地来宾，见了这一株老枸杞，没一个不啧啧称怪的。

枸杞的老干老根多作狗形。据说宋徽宗时，顺州筑城，在土中掘得一株枸杞，活像是一头挺大的狗，当时认为至宝，就献到皇宫中去。旧籍中载："此乃仙家所谓千岁枸杞，其形如犬者也。"在宋代以前，这种狗形的枸杞，也屡有发见。唐代白乐天诗中，就有"不知灵药根成狗，怪得时闻夜吠声"之句。刘禹锡诗也有"枝繁本是仙人杖，根老新成瑞犬形"之句。宋代史子玉《枸杞赋》有句云："仙杖飞空，仿佛骖鸾，寿干通灵，时闻吠庞"，也说它的干形像狗的。此外，如朱熹诗："雨余芽甲翠光匀，杞菊成蹊亦自春。"陆游诗："雪霁茆堂钟磬清，晨斋枸杞一杯羹。"而苏东坡、黄山谷也各有长诗咏叹，尊之为仙苗、仙草。枸杞在一般人看来，虽很平凡，而古时却有这许多人加以揄扬，推其原因，恐是一来它的干根生得怪异，二来可作药用，在文人们的笔下，就不免附会地加上种种神秘的描写了。

无锡印象

无锡是江苏省著名的工业城市，生产能力极强，在祖国建设大计中起重大作用。它因地濒太湖，山明水秀，又是一个著名的风景区，每逢春秋佳日，联袂来游的人真是不少。往时交通不便，游锡的多从水道，如清代张宝臣诗云："九龙山色何媚妩，坐见白云生缕缕。空蒙散作波上烟，篷窗一夜萧萧雨。"又史胄司诗云："九峰天半落，一棹夕阳过。客为游山盛，船因载水多。溪边高士宅，月下榜人歌。好趁樵风便，轻船采芰荷。"现在公路四通八达，无论汽车、人力车，都可畅游各处了。

我自一九五一年出席苏南文学艺术工作者代表大会后，已与无锡阔别四年了，山色湖光，常萦梦寐。四年来建设上突飞猛进，市容焕然一新。最近又在锡山布置一个大公园，与惠山连接一起。江坚、钱钟汉二市长很恳切地邀我前去看看，提供一些意见。五月七日因与苏州市文物保管委员会和园林管理处同人同往观光，作二日之游。

无锡大烟囱林林总总，足见工厂之多，工业的发达。新建筑物也多了不少，多半是工人宿舍、工人住宅、工人休养所、工人子弟学校以及劳动模范的住宅等，对于工人的福利，设想周到。市中心有一个挺大的体育场，关于体育上的种种设备，应有尽

有。城墙已拆除了，就在原址造了一条环市的大路，化无用为有用，于交通上贡献很大。新无锡给予我的新印象，是十分深刻的。

锡山虽并不很高，只因山上有龙光寺的一座宝塔，全市到处可见，俨然与老大哥惠山分庭抗礼。我到了锡山之下，不由得想起昔人曾以"无锡锡山山无锡"七字作上联，征求下联，一时大家都给难住了，对来对去，总觉不工。后来不知是谁，却对以"平湖湖水水平湖"，字字工切，这才成了绝对。

当时由钱副市长等对我们说明他们布置公园的计划，又给我们看了平面的图样和立体的模型，再加以实地观察。据说和惠山连接起来，统称为锡惠公园，占地共四百余亩，布置煞费经营。我因笑道："你们建设这个大公园，真是燕许大手笔，我们在苏州搞园林，只能说是做小品文了。"

他们的设计确是很伟大的。正对着龙光寺宝塔的前沿地上，是装设大门的所在，门内有一个正圆形的大喷水池，先已造成，中心用许多大大小小种类不同的石块砌成了一大堆，上面装着一个大喷水管，向天喷水，四周再有五个小喷水管，分头喷出水来；而水泥塑就的那个圆形边框上，又装着五个小喷水管，向中心喷水，开了机枢之后，每个管子里水柱一齐喷射，煞是好看！不过中心那个大石堆并无美感，我建议把它去除，改用水泥塑成大型莲花五朵，配以莲叶六七张，花可漆作红、白、淡绿诸色，叶作绿色，每朵花心中装一水管，可同时仰喷；边框上的小喷水管上，也用水泥塑莲花一朵，可全作白色。我以为这样的变换一下，一定是可以增进美观的。

喷水池的后面，他们计划建造一座大厅，定名民主厅，这是一个中心大建筑物，在这大公园中确是必要的。左旁辟地二十余亩，全种牡丹花，定名牡丹坞。苏州市又管会谢孝思主任以为面积太大了，哪有这么多的牡丹种上去，不如改为百花坞，可种多种多样的花树，一年四季，开花不绝，岂不很好？我立时附议赞同，说百花坞太好了，恰恰符合"百花齐放，推陈出新"那句名言。况且牡丹既没有这么多，而开花的日期也太短，不到十天就凋谢了，倘下了大雨，寿命更短，所以二十多亩地全种牡丹是不适宜的。

我们又建议在大门左右一带要造些亭榭走廊等，可让游人歇脚，夏季如果突然下雨，也可就近躲避。我们又建议环山开一小河，与原有的池塘连接起来，在水面比较宽大的所在，可将开河挖起的泥土堆一小岛。有了这么一条河，锡山就不觉得太干燥了；一面可置办小船若干艘，供游人打桨作水嬉，那么游同更有兴趣。

锡山本是荒山，树木不多，近来山上山下已经绿化，他们从各地买了大宗的花树、果树、常绿树来，全都种在这里，好似当作一个树木的仓库；可是种的时候，似乎并没计划，未免杂乱无章。我因此建议，今冬要把它们分门别类，重行布置。在小小的土山上，不妨全种桂花树，金桂、银桂、丹桂、天竺桂，聚族而居，使小队登临时，作小山丛桂之想。在山坳里较低的所在，不妨全种桃树，结实的桃花也好，单供观赏的碧桃也好，使人到了这里，好像武陵渔父身入桃花源了。山坡上较高的所在，不妨全种梅树，那么梅花时节，这里也就是一片香雪海咧。至于河边池

畔，那么垂柳啊、芙蓉啊、杨树啊，也可随处安排，各得其所。此外，数量不多的花树、果树，不妨悉数容纳到百花坞里去，也不会茫无所归的。

惠山又名九龙山，因为它有九峰之故。我们从锡山下徒步而往，不多时就到了。从大门起以达最高处的云起楼，都已穿上了鲜艳的新装，简直认不出它的旧面目来。只有听松石依然故我，傲然地躺在那里，而它身上的那座听松亭却打扮得红红绿绿，分外富丽，相形之下，未免不称。漪澜堂前的方池，仍然如旧，鱼却似乎少了。惠泉没有甚么改变，泉水也澄清如昔，不愧"天下第二泉"之称。由隔红尘径拾级而登云起楼，高瞻远瞩，心目为之一畅。此楼虽经整修，却仍保持朴素的风格，而我们也就欣赏它的朴素。

太湖三万六千顷，汪洋浩瀚，雄壮非常，与杭州西湖的妩媚，各有千秋。无锡的好处就在于有很多地区，都沿着太湖。而太湖之美，无论是春、夏、秋、冬，四季皆同，湖上风光，总使人觉得爽心悦目的。

无锡不但占有了大部分的太湖，而西北更有芙蓉湖，简称蓉湖，因此无锡又有蓉湖之称。有名的黄婆墩，一名小金山，就在蓉湖中，风景不恶。蓉湖面积较小，而也有清幽的去处，足供流连的；如清代词人杨蓉裳有《洞仙歌》词《忆蓉湖》云："故乡云水，忆蓉湖佳绝。滑笏波光漾春色。何时归计准，小坐苔矶，衣尘浣、俯照明漪千尺。　昨宵清梦好，柔橹咿哑，惊起轻鸥度环碧。略彴夕阳斜，穿过前湾，林影外、烟峦层叠。有三两、渔舟傍桃花，看网出银鳞，一罾红雪。"市内旧有蓉湖公园，至今尚在，虽已失修，却也质朴可喜；有好多老树和大株的杜鹃花，都是很难得的。

渔庄和蠡园已打成一片，修葺一新。一条曲折的长廊，很为可爱，它就把两个园子像连锁一般连起来了。壁上的漏窗，全用瓦片砌成种种图案，各各不同，足见工人弟兄的智慧。渔庄方面新建了四座对照的亭子，红红绿绿的，似乎过于富丽；可是两园都借景于太湖，而且是太湖最美的所在，这是可取的。

鼋头渚并没多大变动，在无锡园林中仍可独占鳌头，因为它地点选择得特别好，真的是湖山胜处。我最爱灯塔附近伸入水中的一带磐石，坐在那里望湖，真可把俗尘万斛，全都洗尽，而胸襟也顿觉拓宽了。这一天有来吾国参加五一劳动节祝典的各国工会代表团团员数十人来游，歌呼欢笑，使鼋头渚更觉虎虎有生气。

从鼋头渚最高处抄过山后去，见有一片松林，全是短小精悍的老松，可作盆栽，直看得我馋涎欲滴。一路过去，又到了一个湖山胜处，俗称陈家花园。据闻先前有粤人陈某在这里惨淡经营，后因抗战作罢，荒废至今。他在山顶造了一亭，三面见湖，又种了不少花树、果树，蔚为大观，而布置泉石，也别具匠心，要是好好地整修一下，那么与鼋头渚可以媲美了。

双 塔

二十二年以前，我买宅苏州甫桥西街的王长河头，就开始和双塔相见了。除了抗日战争的八年间避地他乡，和双塔阔别了八年外，几乎天天和它们相见。虽然开出后门来一抬头就可望见它们，还是不知足。因此当初就挖深了一个池子，将挖出的泥土堆了一座土山，种了好多株花树、果树，而在这土山的最高处搭了一只刺杉木的六角亭子，可以从两株高柳的条条柳线中，远远望见那巍巍双塔。因此我就给这亭子命名"亭亭"，和"塔塔"作了对称。从此我不须开门，也可在这亭亭里随时和双塔相见了。

双塔位在定慧寺巷唐代咸通年间中州人盛楚所捐建的般若院内。这般若院知道的人较少，因了双塔之故，就俗称双塔寺。这两座塔根据寿宁寺修塔碑记，各有一个名称，一名舍利塔，一名功德塔，是宋代雍熙年间由王文罕捐建的。明嘉靖元年七月间，东塔顶上的铜轮突被大风吹毁。后由南居士马祖晓集资修复。到清代道光元年又重行修葺过。从太平天国起义百余年来，从未修过，以致东塔的顶端倾侧在一边，所有砖瓦也剥落了不少。一九五四年秋，苏州市园林修整委员会得了省方的指示，鸠工庀材，将这东塔从事修理，顶端扶正，塔身也焕然一新。将来还须修理西塔。从此以后，这唐代的名迹，可以永久地保持下去了。

双塔共有七级，只因内无阶梯，不能登临。据说内部有宋代墨迹，是用毛笔写成的，很可宝贵。在明代曾放过灯，盛况可想。诗人张凤翼有《观双塔放灯》诗云："岧峣雁塔粲繁星，晃漾浑疑不夜城。双阙中分河影乱，两峰高并月华清。莲花竞证三生果，火树齐开四照明。漫向空中窥色相，还将上界独题名。"可惜现在不放灯了。如果放起灯来，那么我那去年新建的花延年阁北窗口，倒是一个看灯最好的所在。

安吉老画师吴昌硕，曾在苏州作寓公，住过好些时候。苏州的好多名胜之区，都印过他老人家的屐痕，双塔寺也到过几次。他的诗集中有《双塔寺寄友人》五律一首云："双塔倚林表，危楼此暂栖。湿云低渡鸟，朝日乱鸣鸡。入望烟芜冷，怀人浦树迷。黄华故园好，昨夜梦苕西。"

卖花声

花是人人爱好的。家有花园的，当然四季都有花看，不论是盆花啊，瓶花啊，可以经常作屋中点缀，案头供养，朝夕相对着，自觉心旷神怡。要是家里没有花园的，那就不得不求之市上卖花人之手。买了盆花，可多供几天，倘买折枝花插瓶，也有二三天可供观赏，而一室之内，顿觉生气勃勃了。

市声种种不一，而以卖花声最为动听。诗人词客，往往用作吟咏的题材；词牌中就有"卖花声"一调，足见词客爱好之甚了。清代彭羿仁有《霜天晓角》咏卖花声云："睡起煎茶。听低声卖花。留住卖花人问，红杏下、是谁家。　儿家花肯赊，却怜花瘦些。花瘦关卿何事，且插朵、玉钗斜。"黄仲则有《即席分赋得卖花声》七律二首云："何处来行有脚春？一声声唤最圆匀。也经古巷何妨陋，亦上荆钗不厌贫。过早惯惊眠雨客，听多偏是惜花人。绝怜儿女深闺事，轻放犀梳侧耳频。""摘向筠篮露未收，唤来深巷去还留。一堤杏雨寒初减，万枕梨云梦忽流。临镜不妨来更早，惜花无奈听成愁。怜他齿颊生香处，不在枝头在担头。"这两首诗把卖花人的唤，买花人的听，全都淋漓尽致地写了出来。

吴侬软语，原已历历可听，而"一声声唤最圆匀"，那无过于唤卖白兰花的苏州女儿了。这班卖花女，大多数是从虎丘来的。因为虎丘一带，培养白兰花的花农最多。初夏白兰含蕊时，就摘下来卖与茶花生产合作社去窨花。那些过剩而已半开的花，那就不得不叫女儿们到市上去唤卖了。我曾有小令《浣溪纱》咏卖花女云："生小吴娃脸似霞。莺声嚓呖破喧哗。长街唤卖白兰花。　借问儿家何处是，虎丘山脚水之涯。回眸一笑髻鬟斜。"除了白兰花外，也有唤卖含笑花（俗呼香蕉花，因它含有香蕉的香气）、玫瑰花、玳玳花的；到了端午节后，茉莉花也可上市了。

南宋时，会稽城南上原陈翁，以卖花为业，得了钱全去买酒喝，又不喜独酌，往往拉了朋友们同醉。有一天，诗人陆放翁偶过他家访问，见败屋一间，妻子正饥寒交迫，而陈翁已烂醉如泥了。放翁咏以诗云："君不见会稽城南卖花翁，以花为粮如蜜蜂。朝卖一枝紫，暮卖一枝红。屋破见青天，盎中米常空。卖花得钱送酒家，取酒尽时还卖花。春春花开岂有极，日日我醉终无涯。亦不知天子殿前宣白麻，亦不知相公门前筑堤沙。客来与语不能答，但见醉发覆面垂有鬖鬖。"明代刘伯温题其后云："君不见会稽山阴卖花叟，卖花得钱即买酒。东方日出照紫陌，此叟已作醉乡客。破屋含星席作门，湿萤生灶花满园。五更风颠雨声恶，不忧屋倒忧花落。卖花叟，但愿四海无尘沙，有人卖酒仍卖花。"此翁在陆、刘笔下，写成一位高士模样；可是他卖了花只管自己买酒喝，不顾妻子饥寒，虽能生产，而不知节约，实在是不足为训的。

农历四月十四日，据民间传说，是所谓八仙之一吕纯阳的生日，苏州市阊门内福济观，前后三天，庙前的东中市一带有花市，城内和四乡的花贩花农都来赶集，花草树木，夹道陈列求售。爱花的男女老少，趋之若鹜。

花雨缤纷春去了

春光好时，百花齐放，经过了二十四番花信，那么花事已了，春也去了。据说每年从小寒到谷雨，合八气，得四个月，每气管十五天，每五天一候，八气计共二十四候，每候以一花的风信应之。小寒一候梅花，二候山茶，三候水仙。大寒一候瑞香，二候菊花，三候山矾。立春一候迎春，二候樱桃，三候望春。雨水一候菜花，二候杏花，三候李花。惊蛰一候桃花，二候棣棠，三候蔷薇。春分一候海棠，二候梨花，三候木兰。清明一候桐花，二候麦花，三候柳花。谷雨一候牡丹，二候酴醾，三候楝花。这二十四番花信，很为准确，你只要一见楝树上开满了花，那就知道春要向你告别了。

每逢梅花烂漫地开放的时节，春就悄悄地到了人间，使人顿觉周身有了生气。可是春很无赖，来去飘忽，活像是偷儿的行径，不上几时，就在我们不知不觉间偷偷地走了。我曾胡诌了一阕《蝶恋花》词谴责它："正是缃梅初绽候，骀荡春光，便向人间透。十雨五风频挑逗，江城处处花如绣。　恨杀春光留不久，来也偷来，走也偷偷走。绿渐肥时红渐瘦，防它一去难追究。"但是尽你恨恨地谴责它，或苦苦地挽留它，它还是悄没声儿的溜走了。

古人对于春之去，也有不胜其依恋而含着怨恨的。词中的代表作，如宋代黄山谷《清平乐》云："春归何处。寂寞无行路。若有人知春去处，唤取归来同住。　春无踪迹谁知。除非问取黄鹂。百啭无人能解，因风飞过蔷薇。"辛稼轩《祝英台近》云："宝钗分，桃叶渡，烟柳暗南浦。怕上层楼，十日九风雨。断肠点点飞红，都无人管，便谁劝、流莺声住。　鬓边觑，试把花卜归期，才簪又重数。罗帐灯昏，哽咽梦中语。是他春带愁来，春归何处，却不解、带将愁去。"又释子如晦句云："有意送春归，无计留春住。毕竟年年用着来，何似休归去。"连这心无挂碍的和尚，也想留住春光，劝它不要归去了。然而想得开的人也未尝没有，如秦观云："节物相催各自新，痴心儿女挽留春。芳菲歇去何须恨，夏木阴阴正可人。"杨万里云："只余三日便清和，尽放春归莫恨他。落尽千花飞尽絮，留春肯住欲如何。"末一语问得好，怕谁也回不出话来。清代俞曲园曾以"花落春长在"一句擅名，因以"春在"名其堂，花落了，春去了，只当它长在，这倒也是一种阿Q式的自慰。

春既挽留不住，那么还是送它走吧。明代唐伯虎与社友们携酒桃花坞园中送春，酒酣赋诗，曾有"三月尽头刚立夏，一杯新酒送残春"、"夜与琴心争密烛，酒和香篆送花神"等句。此外清代骚人墨客，也有柬约知友作送春之会的，如李锳柬云："春色三分，一分流水，二分尘土矣。零落如许，可不至郊外一游乎？纵不能留春，亦当送春，春未必不待我于枝头叶底也。"又徐菊如柬云："洛阳事了，花雨缤纷，欲携斗酒，为春作祖饯，公有意听黄鹂乎？长干一片绿，是我两人醉锦裀矣。"这二人以乐观的态度去送春，是合理的。好在今年送去了春，明年此时，春还是要来的啊。

清明时节

清明时节，往往多雨，所以唐人诗中，曾有"清明时节雨纷纷，路上行人欲断魂"之句。一九五五年自入春以来，分外的多雨，所谓杏花春雨江南，竟做得十足，连杏花也给打坏了。直到清明前二天，才放晴起来，使人胸襟为之一畅。清明那天，苏州市各园林中，游人络绎。虎丘千人石畔，挤得水泄不通。各处扫墓的人也不少。清代周宗泰《姑苏竹枝词》云："衣冠稽首祖茔前，盘供山神化楮钱。欲觅断魂何处去？棠梨花落雨余天。"这一首诗，也是为扫墓而作的。

邻儿到我的园子里来，摘了好几枝杨柳，插在他家门上；又做了几个杨柳球，给小姑娘们戴在头上。据老年人说，娘儿们戴了杨柳，可使红颜不老。所以《江震志》称："清明，男女咸戴杨柳。谚云'清明不戴柳，红颜成皓首'。"吴曼云《江乡节物词》有云："新火才从竹屋分，绿烟吹作雨纷纷。杨柳最是无情物，也逐春风上鬓云。"他咏的是杭州清明的风俗，正与苏州的风俗相同。

清代词人陈其年有《清明后一日吴阊道中作》调寄《南乡子》第二体有云："卷絮搓绵，雪满山头是纸钱。门外桃花墙内女，寻春路，昨日子规啼血处。"又云："才过清明，东风怯舞

不胜情,红袖楼头遥徙倚。垂杨里,阵阵纸鸢扶不起。"前一首是咏的扫墓寻春,而后一首分明是放断鹞了。纸鸢,俗称鹞子,春初每逢晴日,孩子们每以放鹞子为乐。杨韫华《山塘棹歌》有云:"春衣称体近清明,风急鹞鞭处处鸣。忽听儿童齐拍手,松梢吹落美人筝。"所谓鹞鞭,是用竹芦粘簧缚在鹞子的背上,遇风喤喤作声,很为动听。我在童年时,也很喜欢这玩意儿。照例放鹞子到清明后为止,称为放断鹞。

清明前二日为寒食节,一说是前三日。洛阳人家每逢寒食日,装万花舆,煮桃花粥。苏州风俗用稻麦苜蓿捣汁,和糯米作青粉团,以赤豆沙为馅,清香可口,这是祭祖时所不可少的。

清明日,旧时还有淘井的风俗,大概也是为了要使井水清明之故。据旧籍中载,苏东坡在黄州时,梦中听得高僧参寥朗诵所作新诗,醒后记起两句:"寒食清明都过了,石泉槐火一时新。"梦中尝问:"火固新了,泉为甚么新?"参寥答道:"只因清明日俗尚淘井,所以泉水也新了。"这淘井的风俗,倒是卫生之道。苏州人家几乎家家有井,可是清明日淘井这回事,却早就没有了。

宋代名臣范成大归隐苏州石湖,对于乡村节景,都喜发为吟咏,如"石门桃绿清明市,洞口桃花上巳山""桃杏满村春似锦,踏歌椎鼓过清明"诸句,读之使人神往。至于《四时田园杂兴》诸作,描写农家乐事,也确是大可一读的。

檀香扇

四十年以前，上海盛行一种小扇子，长不过三寸余，除了以象牙玳瑁为骨外，更有用檀香来做的，好在摇动时不但清风徐来，还可以闻到幽香馥馥，比了象牙扇、玳瑁扇更胜一着。当时女子们都很爱好，几乎人手一柄。

这种檀香小扇，自以女用为宜；后来便又流行了一种檀香骨的大扇，那就专给男子们用的了。二十余年前，我有一柄足长一尺二寸的檀香扇，两根一寸多阔的大骨上，有一位署名古吴子安所刻的汉代金石文字，小骨只有九根，扇面上一面由名艺人梅兰芳给我画的芭蕉碧桃，一面由袁寒云给我写的《题紫罗兰神造象诗》。诗是七绝二首，也是他所做的。书画都可宝贵，我至今珍藏着。记得抗日战争胜利、日本投降消息传来的那天，我带着此扇，手舞足蹈地往访老友陈定山，报这喜讯。定山就在梅君所画的芭蕉叶上题了二十八字："怀素尝为蕉叶书，广文丹柿闭门居。海陬忽听欢雷动，从此升平百虑无。"这也是很可留作永久纪念的。所可惜的，时隔二十多年，那檀香已淡至欲无了。

近几年来，檀香小扇又流行起来，并且流行到了国外去，为苏联和其他人民民主国家的朋友们所喜爱，每年源源输出，数量惊人。那扇骨的制作很为精细，而扇面上所画的花卉或仕女，也

十分工致，色彩更鲜艳得很。过去几乎都由上海王星记笺扇号所包办，扇骨大都归苏州折扇业工人制作，而画则由上海、杭州、苏州等各地画家分任。最近苏州方面，已由手工艺局亲自掌握，开始大量生产。据说莫斯科人都热爱我们的檀香扇，曾有两位苏联专家特地到苏州来参观檀香扇制作的情况。一般折扇业的工人十分兴奋，由工会召集了二百多个工人，举行生产动员大会，大家立下决心，要做出特别优美的檀香扇来，供给国际友人使用。各单位还订立了生产公约，要各自小心谨慎地干去。锯工们要设计锯法，或横锯，或斜锯，避免裂缝蛀洞和黑斑等种种毛病。拉花工人们要小心地不把扇骨拉坏。糊扇面的工人们要小心地不使扇面的夹里起泡。

老友蔡震渊画师，是个工于在檀香扇扇面上绘画花卉的专家，已有了一年多的经验。我曾见过他的作品，在那绢质的扇面上画着工笔的牡丹花，大抵是五朵花，设色各各不同，再加上很多的绿叶，工作是十分繁重的。除了牡丹花以外，或画罂粟花，或画菊花，每面或五朵或七朵，也一样的要工细而鲜艳。画仕女的，总得画两个美女，再加上布景，以园林景为多，比了画花卉似乎更为细致。最近他们十多位画师，已加入了合作社，每天聚在一起研究，一起工作。蔡画师原是识途老马，正很热情地在帮助他的画友，共求精进。

鸭　话

　　我于鸭颇有好感，是早年读了苏东坡"竹外桃花三两枝，春江水暖鸭先知"两句诗引起来的。其实鸭的羽毛并不美观，而鸣声呷呷，听了也觉可厌。可是说到口腹之欲，那么我爱鸭实在爱鸡之上。往年在上海时，常吃香酥鸭；在苏州时，常吃母油鸭，不用说都是席上之珍。而二十余年前在扬州吃过的烂鸭鱼翅，入口而化，以后却不可复再，思之垂涎！亡妻凤君在世时，善制八宝鸭，可称美味。现在虽能仿制，但是举箸辛酸，难餍口腹了。

　　唐代大诗人陆龟蒙（鲁望），有爱鸭之说。而翻遍了他所作的《笠泽丛书》四卷，《补遗》一卷，竟没有一首咏鸭的诗，一篇说鸭的文，检看其他旧籍，也无所得。最近才在《苏州府志》中找到一个线索。据载，吴江县东门外长桥北有鸭漪亭，与垂虹亭相对，俗呼阿姨亭，相传陆龟蒙养鸭于此，故名。清代张霱咏以诗云："天随意气自轩举（按，陆别号天随子），甫里松陵无定处。扁舟乘兴往复还，潇洒常为风月主。沪渎曾留渔具诗，鸭群仍聚清江渚。何人筑亭号鸭漪，烟光山色相容与。千年轶事人争羡，流传不典混土语。阿姨之名谁附会，命意得毋太龃龉。鲁鱼亥豕自昔然，稗史街谈任所取。读书论古诚大难，诫勿随人相尔汝。诗成不觉粲然笑，山川每附娇儿女。小姑曾说嫁彭郎，不知阿姨今日更谁侣。"一结调诙入妙。又据《中吴纪闻》说：陆鲁望有斗鸭一栏，鸭都养得很驯，有一天有驿使经过，发弹打死了最好的一头；陆忙道："这头鸭能作人言，将附苏州名下进贡皇朝，你怎么把它杀死了！"驿使一慌，把身上带的钱全都给了他，想塞住他的口，一面问这鸭能说些甚么话？陆答道："它能白呼其名。"驿使又气又好笑，拂袖上马。陆连忙唤住，还了钱，笑道："我只和你开开玩笑罢了。"原来鸭的鸣声呷呷，都好像是在自呼其名，想不到这位大诗人倒也是滑稽之雄，善于作弄人的。

三国时，吴建昌侯孙虑喜斗鸭，在堂前作斗鸭栏，能使小巧；陆逊正色规劝道："君侯该勤览经典，怎的弄这玩意？"孙很肯听话，就把鸭栏毁了。湖南临湘有鸭栏矶，也是孙虑斗鸭之所。唐代李邕作《斗鸭赋》，起句"东吴王孙，笑傲阊门"，就指的孙虑；中段记鸭斗云："于是乎会合纷泊，崩奔鼓作。集如异国之同盟，散若诸侯之背约。迭为擒纵，更为触搏。或离披以折冲，或奋振以前却。始戮力兮决胜，终追飞兮袭弱。耸谓惊鸿，回疑返鹊。逼仄兮掣掣，联翩兮踊跃。忽惊迸以差池，倏沉浮而闪烁。号噪兮沸乱，倾耳为之无闻；超腾兮往来，澄潭为之溃濩。（下略）"斗鸭之风，早就没落，读了这段文字，可以窥见群鸭作水战的情景，十分生动。

鸭在幼小的时候，披着一身鹅黄色的羽毛，恰如绒球着地滚动，颇为好看。长大之后，可就不美了。元代揭傒斯咏小鸭云："春草细还生，春雏养渐成。茸茸毛色起，应解自呼名。"鸭与鹅是好朋友，常常在一起玩，宋晁补之《春日》云："阴阴溪曲绿交加,小雨翻萍上浅沙。鹅鸭不知春去尽,争随流水趁桃花。"写江南春日的水国风光,宛然如画。

鲁迅先生小品文《鸭的喜剧》,记苏联盲诗人爱罗先珂在北京的一段故事。他先买了几十个蝌蚪,放在小池里,想养大了听虾蟆叫;不料后来又买了四头小鸭,它们到池里去洗澡,却把蝌蚪全都吃光了。结尾说爱罗先珂一去无消息,只有四只鸭,却还在沙漠上"鸭鸭"的叫。在轻描淡写中,含感慨不尽之意。

顾绣与苏绣

近世统称刺绣为顾绣，代表顾绣最著名的，是露香园顾氏。绣品有如绘画，因有画绣之称。绣价最为昂贵，可惜现已失传了。此外又有顾氏兰玉，也是刺绣名手，曾经设帐招收生徒，传授绣法，她的作品也称为顾绣。可是顾绣除了上海之外，松江也有顾绣。清代词人程墨仙有《顾绣》一记云："云间顾伯露，会余于海虞，两月盘桓，言语相得；余时将别，伯露出其太夫人所制绣囊为赠，盖云间之有绣，自顾始也。囊制圆大如荇叶，其一面绣绝句，字如粟米，笔法遒劲，即运毫为之，类难如意，而舒展有度，无针线痕，睇视之，莫知其为绣也。其一面则白马一大将突阵，一胡儿骑赤马，二马交错；大将猿臂修髯，眉目雄杰，胡儿深目咒唇，状如鹰顾，袍铠整带，鞍鞯具备，锦裆绣服，朱缨绿縢縢，鲜熠炫耀。白马腾跃，尾刷霄汉，势若飞龙；赤马失主，惊溃奔逸，神姿萧索。一小胡雏远坡遥望，一胡方骑马赴阵，皆首蒙貂幞，毛氀散乱，光采凌铄，有非汉物，窄袖裹体，蕃部结束。复有旗幡刀戟，布密森严，幡缀金牙，旗张云彩，蕃汉二屯，遥相犄向。共计远坡二，白赤黄战马三，大将、胡将及小雏四，戈戟五，云旗锦幡各一；界二寸许地，为大战场，而中间空阔，气象寥远，不见有物，绣法奇妙，真有莫知其巧者。余携归，终日流玩，为纪于简。"以二寸许的面积，而绣出这许多人马刀戟旗幡，也可见它的精巧细致，不愧为神针了。

苏绣中的第一名手，要算是清末的沈寿。她于一九〇九年，曾绣成意大利君后肖像，由清政府送去，作为国际礼物。意国君后特赠沈寿钻石金时计一枚，嵌有王家徽章，系御用品。她四十二岁时，又绣成耶稣像一幅，由其夫余觉亲自送往美国，陈列巴拿马展览会中，得一等大奖。四十六岁时，又绣了一幅美国名女伶的肖像，面目如画，这是她最后的杰作。不久她就在南通女工传习所所长任上因病去世了。她的作品，一部分存在江苏省博物馆，都很精致。她在中国刺绣史中，是有很大贡献的。

清代诗人樊樊山有《忆绣》诗十首，斐然可诵，兹录其五云："绣绷花鸟逐时新，活色生香可夺真。近世写生无好手，熙荃画意属针神。""淡白吴绫四角方，风荷水鸟画湘江。去年绣得鸳鸯只，直到今年始作双。""枕函绣出红莲朵，比并真如脸际霞。猛忆北池同避暑，翠盘高捧两三花。""妃俪鲜明五色丝，花跗鸟翼下针迟。亦如文笔天然巧，尽在挑纱破线时。""十景西湖只等闲，裙花枕凤许多般。金针线脚从人看，愿度鸳鸯满世间。"诗中所咏绣件，几乎应有尽有，也总算想得周到的了。

亡妻凤君胡氏，工绣，先前所用绣绷和绷凳，至今仍还存在。她绣有彩凤一幅，我曾借郭频迦《清平乐》咏绣凤仕女一阕题其上云："低鬟斜髻。浅砑吴绫妥。唤作针神应也可。一口红霞浓唾。　秦楼烟月微茫。当年有个萧郎。到底神仙堪羡。等闲不绣鸳鸯。"这一幅绣凤遗作，已在抗日战争时失去，为之惋惜不止！

易开易谢的樱花

  樱花是落叶亚乔木，叶作尖形，与樱桃叶一模一样，花五瓣，也与樱桃花相同，不过樱桃花结实，而樱花是不会结实的。花有单瓣、有复瓣，色有白、绿与浅红三种，易开易谢，一经风雨，就落英满地了。我们的邻国日本，不知怎的，竟挑上了这樱花作为他们的国花，三岛上到处都种着，花开的时节，称为樱花节，士女们都得到花下去狂欢一下，高歌纵酒，不醉无归；连全国的学校也放了樱花假，让学生们及时行乐，真的是举国若狂了。自从上一次大战惨败之后，国运衰微，民生憔悴，美国占领军又盘踞不去，到处横行，每年虽逢到了樱花时节，也许没有这闲情逸致了吧。

  我的园子里，本有两株樱花，那株浅红色花的早就死了，还有一株白的，却已高出屋檐。今年春光好时，着花无数，我本来爱花若命，对于花几乎无所不爱，可是经了八一三创钜痛深，对樱花也并没好感，记得往年曾有这么一首诗："芳菲满眼占春足，紫姹红嫣绕屋遮。花癖还须分国界，樱花不爱爱梅花。"某一天早上见树头已疏疏落落地开了几枝花，与一树红杏相掩映，我只略略看了一眼，并不在意；谁知到了午后，竟完全开放，望过去恰如白云一大片，令人有"其兴也勃焉"之感，雨风一来，就纷纷辞枝而下，这正可象征日本国运的兴得快也败得快呢。

故词人况蕙风，对于樱花似乎特殊地爱好，既以"餐樱庑"名其斋，而词集中咏叹樱花的作品，也有十余阕之多。兹录其《浣溪纱》九之五云："不分群芳首尽低。海棠文杏也肩齐。东风万一尚能西。　见说墨江江上路，绿云红雪绣双堤。梅儿冢畔惜香泥。""何止神州无此花。西方为问美人家。也应惆怅望云涯。　风味似闻樱饭好，天台容易恋胡麻。一春香梦逐浮槎。""画省三休伫玉珂。峨冠宝带惹香多。锦云仙路簇青娥。　似此春华能爱惜，有人芳节付蹉跎。隔花犹唱定风波。""何处楼台罨画中。瑶林琼树绚春空。但论香国亦仙蓬。　未必移根成惆怅，只今顾影越妍浓。怕无芳意与人同。""且驻寻春油壁车。东风薄劣不关花。当花莫惜醉流霞。　总为情深翻怨极，残阳偏近蒨云斜。啼鹃说与各天涯。"词固隽丽，足为樱花生色，可是樱花实在不足以当之。

前南社社友邓尔雅有《樱花》诗五言一首："昨日雪如花，明日花如雪。山樱如美人，红颜易销歇。"这也是说樱花的易开易谢，任它开放时如何的美，总觉美中不足。

樱花中白色的和浅红色的都不希罕，只有绿色而复瓣的较为名贵；但也与吾国梅花中的绿萼梅相似，含苞时绿得可爱，开足后也就变淡，好像是白的了。上海江湾路附近，旧有日本人的六三园，中有绿樱花数十株，种在一起，成了一片樱花林，开花时总得邀请中外诗人画家们前去观赏，故杭州词人徐仲可曾与无锡王西神同去一看，宠之以词，各填《瑶华》一阕，徐词已佚，王词云："玲珑梅雪。葱蒨梨云，试鸾绡红浣。亭亭小立，妆竟

也、一角水晶帘卷。露寒仙袂，好淡扫、华清娇面。似那时、珠箔银屏，唤题九华人懒。　　丝丝绿茧低垂，伴姹紫嫣红，不胜清怨。移根何处，只怅望、三岛蓬莱春远。明光旧曲，早换了、看花心眼。对玉窗、凤髻重簪，吟入郑家魂断。"樱花树身易于虫蛀，不能经久；自日本战败以后，园主他去，三径荒芜，这数十株绿樱花，怕也荡然无存了。

健康第一

人生一切的一切，以健康为第一；而要构成一个强大的国家，也一定要有健康的人民，人民如果都是萎靡不振，国家也不会强大起来的。健康之道，须从锻炼身体着手，经常的从事体操和运动，是必要的条件。解放以来，国家尽力提倡体育，各地常在举行运动会，工人有工人的运动会，军人有军人的运动会，学生有学生的运动会，机关干部有机关干部的运动会；而每天更利用无线电广播，作早操和工间体操，使伏案工作的人，都可活动肢体，增进健康，实行之后，已获得了显著的成效。

我在学生时代，就注意于锻炼身体；最先是喜欢跳绳，一口气能跳二三百下，并且会做种种花式；后来参加足球队和田径赛，而以跳高的成绩为最好。记得那时在上海民立中学求学，有一次跳高时，引起了一位德国籍物理学教师杜伯莱先生的注意，在课堂上他因不知道我的姓名，就称我为跳高朋友。现在我虽年过花甲，还能一试身手；而跳起绳来，还有持续一百下的成绩。推原其故，实在得力于平时爱好花木，终日劳动所致。

说起跳绳，倒是一种简单而有益的运动，设备只须一条绳子，场地不论室内、室外，随时都可练习，所以是方便不过的，久经练习之后，可以增强两腿两脚的弹力，加快血液的循环，并且可帮助消化、扩大呼吸，而神经系统的机能也因此增强起来。跳绳的花式很多，有顺跳，有逆跳，有双手交叉而跳，也一样的可以顺跳、逆跳；如果嫌独跳单调，那么可约三四人合作，二人执绳挥动，一人或二人同跳；如其执绳的技能较好，那么同时也可跳的。朋友们，你何不试一试呢？

家庭中的妇女们，也可练习跳绳，他如每天打太极拳或做广播体操，都能增进健康的。倘家有庭园，那么搭一个秋千，常和孩子们一起荡秋千，也是一种增强脚力、腕力的很好的运动。说起秋千，古已有之，如明代陈眉公诗云："粉蝶朱阑挂绿杨，春风飘宕彩丝长。只缘睡起娇无力，落地花泥满绣裳。"清代宋荔裳《生查子》词云："仙仙蝴蝶衣。窄窄檀香板。纤体欲飞扬，只恨春风软。　春葱玉指柔，香汗罗襦满。侍女笑相扶，倩把云鬟挽。"又朱竹垞《点绛唇》词云："香袂飘空，为谁一笑穿花径。有时花顶，罗袜纤纤并。　飞去飞来，不许惊鸿定。重门静，粉墙深映，留取春风影。"可惜那时他们只把荡秋千瞧作是一种闺中游戏，没有把健身的好处描写出来。

一生低首紫罗兰

"幽葩叶底常遮掩，不逞芳姿俗眼看。我爱此花最孤洁，一生低首紫罗兰。"

"艳阳三月齐舒蕊，吐馥含芬却胜檀。我爱此花香静远，一生低首紫罗兰。"

"开残篱菊秋将老，独殿群芳密密攒。我爱此花能耐冷，一生低首紫罗兰。"

这三首诗，是我为歌颂紫罗兰而作的；那"一生低首紫罗兰"句，出于老友秦伯未兄之手，他赠我的诗中曾有这么一句，我因此借以为题。

紫罗兰产于欧美各国，是草本，叶圆而尖其端，很像是一颗心；花五瓣，黄心绿萼，花瓣的下端，透出萼外，构造与他花不同。花有幽香，欧美人用作香料，制皂与香水，娘儿们当作恩物。此花虽是草本，而叶却经冬不凋，并且春、秋两季，都会开花；今年也并不像他花那么延迟时日，三月下旬就照常地盛开了。

考希腊神话，司爱司美的女神维纳丝Venus，因爱人远行，分别时泪滴泥土，来春发芽开花，就是紫罗兰；我曾咏之以诗："娟娟一圃紫罗兰，神女当年血泪斑。百卉凋零霜雪里，好花偏自耐孤寒。"我之与紫罗兰,不用讳言,自有一段影事,刻骨倾心,达四十余年之久,还是忘不了;因为伊人的西名是紫罗兰,我就把紫罗兰作为伊人的象征,于是我往年所编的杂志,就定名为《紫罗兰》《紫兰花片》,我的小品集定名为《紫兰芽》《紫兰小谱》,我的苏州园居定名为"紫兰小筑",我的书室定名为"紫罗兰盦",更在园子的一角叠石为台,定名为"紫兰台",每当春秋佳日紫罗兰盛开时,我往往痴坐花前,细细领略它的色香;而四十年来牢嵌在心头眼底的那个亭亭倩影,仿佛从花丛中冉冉地涌现出来,给我以无穷的安慰。故王西神前辈,曾采取我的影事作长诗《紫罗兰曲》,兹录其首段云:"飞琼姓氏漏人间,天风环珮来姗姗。千红谢馥嫣红俗,化作琪葩九畹兰。芳兰本自生空谷,白石清泉寄幽躅。韵事尽教传玉台,秋姿未肯藏金屋。移根远道来欧洲,瑶草呼龙种碧畴。耕同仙李供香国,咒傍夭桃俪粉侯。"诗太长了,只录其花与人双关的一段,以下从略。

我往年所有的作品中,不论是散文、小说或诗词,几乎有一半儿都嵌着紫罗兰的影子,故徐又铮将军当年曾赋诗见赠云:"持鬘天后落人寰,历劫情肠不可寒。多少文章供涕泪,一齐吹上紫罗兰。"真是知我者的话。可是宣传太广,就被人家利用了,往年广东有女舞蹈家,艺名紫罗兰,杭州有紫罗兰商店,上海与苏州有紫罗兰理发店,其实都是与我不相干的。我的《红鹃词》中,有几阕小令,都咏及紫罗兰,如《花非花》云:"花非花,露非露。去莫留,留难住。当年沉醉紫兰宫,此日低徊杨柳渡。"《转应曲》云:"难耐。难耐。泼眼春光如缋。万花婀娜争开。付与贪蜂去来。来去。来去。魂殢紫兰香处。"又《如梦令》云:"一阵紫兰香过。似出伊人襟左。恐被蝶儿知,不许春风远播。无那。无那。兜入罗衾同卧。"日来闲坐花前,抚今思昔,不禁回肠荡气了。

  金鱼中有一种从北方来的,叫作"紫兰花",银鳞紫斑,雅丽可喜,旧时我曾蓄有二十尾,分作二缸,与紫萝卜花并列一起,堪称双璧。

阖第光临看杂技

我先在银幕上看过了中国杂技团的演出，后在无锡看过了武汉杂技团的演出；最近苏州市来了一个重庆杂技艺术团，也在最后一天去观光了一下。我觉得前后三次所看到的，都是经过了改造的崭新的场面，作风也改变了，不像旧时卖艺的，一个在表演，一个在旁边叫叫嚷嚷，以增加惊险的气氛；而现在却自始至终，只做手势，不则一声，使观众的注意力集中于每个演员的表演上，不为叫嚷所打扰。所有服装与音乐，都以民族风格为主；而道具也推陈出新，与表演的技术相得益彰。

重庆杂技艺术团，是于一九五〇年由五个团体组织而成，经政府大力扶植，培养教育，又经了每个演员不断的苦练，获得了良好的成绩；曾先后三次赴朝鲜作慰问演出，又曾先后出国到几个人民民主国家去演出，观摩了国外的杂技，交流了经验，因此技术上又提高了不少；据说节目中的柔术一项，就是这样得来的。

我很欣赏柔术，由女团员彭小云担任，体格健美，长短适中，在一只椭圆形红绒面的大凳上，作种种表演，全身的骨骼，似乎都是弹簧做的，节节可以弯曲；简直好像是没有骨骼似的，正合着"柔若无骨"一句形容词。末了她把牙齿咬住一朵大红花，双臂展开，上下身折叠起来，悬空停留着，更见得身轻如燕，美妙极了。

男团员杨少元的椅技，也是一个特出的节目，据说是驰名国际的；他把十多只椅子，在四只垫脚的啤酒瓶上，一只又一只的交叠起来，他就一步一步的向上爬；最后还加上两根长竿子，两手撑住，两脚上翻，做了个竖蜻蜓的姿势，惊险已极！在他逐步向上爬的过程中，椅子有些动摇，我不禁替他捏一把汗，而他却在高处站稳了"立场"，微微地笑，似乎在笑我白担心呢。

此外，如顶竿、踩球、跳板、车技、碟子、空竹等等节目，都是力与美的表演，使人看得眉飞色舞，心醉目迷；而团员们虽在作种种惊险的演出，却个个在嘴脸上带着笑，始终是胜任愉快的。

这一次的观光，除了我与妻外，还带了三个小女儿去，倒是破题儿第一遭的"阖第光临"，我们一家子皆大欢喜，把五双手掌也拍痛了。这几天来，三个淘气的小女儿，老是把小椅子小凳子一只只叠起来，仿效杨少元表演椅技，使她们的母亲大伤脑筋，可是我却顾而乐之。

姊妹花枝

　　文章中有小品，往往短小精悍，以少许胜。花中也有小品，玲珑娇小，别有韵致，如蔷薇类中的七姊妹、十姊妹，实是当得上这八个字的考语的。花与蔷薇很相像，可是比蔷薇为小，花为复瓣，状如磬口；一蓓而有七朵花的，名七姊妹，一蓓而生十朵花的，名十姊妹，花朵儿相偎相依，活像是同气连枝的姊姊妹妹一样。花色以深红、浅红为多，白色与紫色较少，而以深红色的一种最为娇艳。每年倘于农历正月间移种，八月间扦插，没有不活的。此花因系蔓性，可以攀在墙上，一年年的向上爬；往年我住在上海愚园路田庄时，在庭前木栅旁种了一株浅红色的十姊妹，最初攀在木栅顶上，后用绳子绊在墙上，不到三年，竟爬到了三层楼的窗外，暮春繁花齐放，好似红瀑下泻，美妙悦目。清代吴蓉齐有《咏十姊妹》一诗云："袅袅亭亭倚粉墙，花花叶叶映斜阳。谁家姊妹天生就，嫁得东风一样妆。"移咏我这一株倚着粉墙攀缘直上的十姊妹，也是十分确当的。

　　明代小品文作家张大复，有《梅花草堂笔谈》之作，中有一则谈十姊妹云："十姊妹，花之小品，而貌特媚，嫣红古白，袅袅欲笑，如双环邂逅，娇痴篱落间，故是蔷薇别种。伯宗云：折取柔枝插梅雨中，一岁便可敷花，故知其性流艳，不必及瓜时发也。"以人喻花，自很隽妙。又李笠翁《闲情偶寄》中有记姊妹花一文云："花之命名，莫善于此，一蓓七花者曰七姊妹，一蓓十花者曰十姊妹，观其浅深红白，确有兄长娣幼之分，殆杨家姊妹现身乎？予极喜此花，二种并植，汇其名为十七姊妹；但怪其蔓延太甚，溢出屏外，虽日刈月除，其势犹不可遏，岂觉羽过多，酿成不戢之势欤？此无他，皆同心不妒之过也。妒则必无是患矣。故善御女戎者，妙在使之能妒。"以唐明皇所宠爱的杨家姊妹相喻，更觉妙语如环。

以杨家姊妹为喻的，更有清代词人两阕词，如董舜民《画堂春》云："天然一色绮罗丛，妆成并倚东风。秦姨总与虢姨同。玉质烟笼。　馥馥幽香密蕊，姗姗淡白轻红。相携竞入翠薇宫，不妒芳容。"又吴枚庵《满庭芳》云："桃雨飘脂，梨云坠粉，闲庭春事都阑。窗纱斜拓，墙角碎红攒。露重愁含秀靥，娇酣甚、不耐朝寒。珊珊态，惯双头并，蕊叶接枝骈。　昭阳台殿冷，银灯拥髻，说尽悲欢。又杨家秦虢，翠钿偷安。一样芳心浑不妒，垂珠珞、浅笑风前。双蝴蝶，花阴梦醒，飞过曲阑边。"大抵因花中姊妹而说到人中姊妹，就不知不觉地要想到杨家秦虢了。

我苏州的园子里，现有深红的七姊妹三株，与浅红的十姊妹一株，而以"亭亭"半廊旁边的一株为最，据说是德国种，色作深红，一蓓七花，花型特大，这当然是一株出色的七姊妹了。记得明代杨基有《咏七姊妹花》一诗云："红罗斗结同心小，七蕊参差弄春晓。尽是东风女儿魂，蛾眉一样青螺扫。三姊娉婷四妹娇，绿窗虚度可怜宵。八姨秦国休相妒，肠断江东大小乔。"因姊妹花而牵引出杨家双鬟、江东二乔来，几乎浑不辨所说的是人是花了。

采 薪

"八一三"日寇来犯，苏州不能住下去了，我扶老携幼，和老友程小青兄暨东吴诸教授避难安徽黟县南屏村，大家真的做了难民。不但是挑水、买菜，亲自出马，还得上山去砍柴；而以砍柴为我们最得意的工作。那地点大半是在南屏山麓虎山上的大松林中，砍柴之外，再拾些松皮、松针和松果，带回来生了火，煮饭烹茶，是再好没有的。我曾以长短句记其事，调寄《喝火令》云："雪干常栖凤，云根自蛰蛟。腾挐夭矫上层霄。大泽风来谡谡，万壑起松涛。　丹果如丹荔，翠针似翠毛。捡来并作一筐挑。好去煎茶，好去当香烧。好去鸭炉添火，玉斝暖芳醪。"

我每天午后，往往带着儿女们，提篮的提篮，带刀的带刀，捐竹竿的捐竹竿（打松果用得着），浩浩荡荡地走二三里路，赶上山去。到得夕阳下山时，就满载而归，连我那八岁的小儿子，也得肩挑两篮子的松果哩。在山上时，就常常遇到小青夫妇和他们的子女，他们工作尤其努力，每天总得一担两担地挑回去。小青曾有《樵苏》一诗云："滞迹山村壮志无，米盐琐屑苦如茶。添薪为惜闲钱买，自执镰刀学采苏。"我也有二十八字，附录于下："未经忧患贪安乐，坐食奚知稼穑艰。且与儿曹同作苦，夕阳影里负薪还。"但我自从回到上海以后，早又变做了一个手不能提、肩不能挑的废物；想起在南屏山村做樵子时的情景，如同隔世了。

　　说起柴薪这些引火之物，在山村中本来很便宜的，焦炭每元可买一百二十斤，树柴每元可买二百八十斤，煮饭烹茶，所费实在有限。至于山间的柴薪，自以茅草为大宗，山上山下，到处皆是。我家里的老妈子，每天午后无所事事，总得拿了一把镰刀，一根扁担，出去砍茅草，只消二三小时，就成担地挑了回来，柴间里堆得高高的，像小山一样。便是村中的妇女，也以砍茅草为日常工作之一，我常见许多老婆婆和小姑娘们，或肩或挑，伛腰曲背地从山上挑下来，一二百斤的重量，不算一回事。我想自己昂藏六尺之身，难道及不上一个老婆婆、小姑娘，很想尝试一下。可是有一天见小青砍茅草，一不小心，在茅草上捋了一手心的血，把纱布裹了好几天，于是把我的勇气吓下去了，始终没敢去尝试。只为山上茅草太多，樵子们嫌它碍路，每到春初，就放一把火烧了起来；我所住的对山草堂，面对顶云峰，常能看到山半的野烧，夜间熄灭了灯火，坐在窗前饱看。那火焰幻成种种图案，活像上海市上的霓虹灯，自诩眼福不浅；而孩子们更拍手欢呼，当作元宵看花灯哩。我曾填了一阕《散余霞》词："夕阳鸦背徐徐堕。忽余霞掀簸。山背灼烁齐红，放芙蓉千朵。　　童稚欷欷歔歔。问彩灯好么。我却心系天涯，痛处处烽火。"

看了《黑孩子》

最近看了苏联彩色电影片《黑孩子马克西姆卡》，很为感动。本片是根据作家史达纽科维奇的小说《海洋故事》摄制而成的。这故事虽发生于一八六四年，还是在帝俄的时代，而当时的俄罗斯人也像今日的苏联人民一样，站在正义的立场上，反对种族歧视，尊重世界上一切的种族和一切的民族，对于使用暴力奴役其他种族的罪行，加以有力的打击和制止，这是人道主义的表现，凡是有人心的人，都应该引起共鸣的。

看了《黑孩子》，我因此想起了三十年前所读过的那部林琴南先生译述的《黑奴吁天录》，我本来是个重于情感而心肠极软的人，因此被它赚去了眼泪不少。此书原著是一位美国女作家史都威夫人所作，原名《汤姆叔叔的小木屋》。只为她好多年间眼见得美国人虐待黑种人，简直是惨无人道，无所不用其极，黑种人处于水深火热之中，上天无路，入地无门，实在痛苦极了。她因此抱着悲天悯人之念，决意乞灵于一枝笔，替黑种人呼吁，替黑种人请命，替黑种人一申冤抑，要求她的国人大发慈悲，给他们一条生路。

史都威夫人在动笔写作的时候，两眼中含着热泪，仰天大呼道："求上帝帮助我！让我好好地写一些东西，只要我还活在世上,一定要写!一定要写!"她所谓一定要写的一些东西,就是这部用眼泪和墨水混合写成的杰作《汤姆叔叔的小木屋》。一八五一年六月,先发表于《国家时代》丛报,一八五二年三月,以单行本问世,一时不胫而走,风行全美,一年间就销去了三十多万本。书中写小伊娃的惨死,哀利石的逃亡,泪随笔下,深刻非常,读者往往掩卷不忍卒读,于是引起了广大人民的同情和愤怒。

据说,一八六二年十一月,黑奴们在华盛顿举行了一个感谢的宴会,邀请史都威夫人前去出席,表示了热烈深挚的谢忱。解放黑奴的林肯总统,特地召她一见,当夫人走进白宫客厅的时候,林肯颤巍巍地从圈椅中站起身来,欣然说道:"夫人,我很乐于和您相见。"随即眨了眨眼睛,开玩笑似地接下去说道:"原来您就是那位写了一部书而引起这次南北大战的小妇人么?请坐吧,请坐吧!"于是他就和夫人对坐在壁炉之前,炉火熊熊,放出血红的光来,照着他们俩娓娓而谈,谈了好久,方始互道珍重而别。史都威夫人似乎并没有其他作品,而这部《汤姆叔叔的小木屋》,已尽够使她名垂不朽了。

看了《黑孩子》,我们愿向一切被压迫的种族和民族,表示衷心的同情。

爱 猫

猫是一种最驯良的家畜，也是家庭中一种绝妙的点缀品，旧时闺中人引为良伴，不单是用以捕鼠而已。吾家原有一头玳瑁猫，已畜有三年之久，善捕鼠，并不偷食，便溺也有定处，所以一家上下都爱它。不料最近却变了，整天懒得动弹，常在灶上打盹，见了东西就偷去吃，便溺也不再认定一处，并且常把脚爪乱抓地毯和椅垫，使我非常痛恨，但也无可奈何。不料前天早上，却发见它死在园子里了，也不知道它是怎么死的。幸而它已生下了两头小猫，总算没有绝嗣，差无后顾之虑。我们送掉了一头，留下了一头，毛片火黄夹着深黑色，腹部和四脚都作白色，比母亲生得更美丽，也可算得是移人尤物了。

吾国文人墨客，大都爱猫，因此诗词中常有咏叹之作；清代词人钱葆酚倚《雪狮儿》调咏猫，遍征词友和韵，名家如朱竹垞、吴穀人、厉樊榭等都有和作，朱氏三阕，雅韵欲流，可称狸奴知己。其一云："吴盐几两，聘取狸奴，浴蚕时候。锦带无痕，搦絮堆绵生就。诗人黄九，也不惜、买鱼穿柳。偏爱住、戎葵石畔，牡丹花后。　午梦初回晴昼。敛双睛乍竖，困眠还又。惊起藤墩，子母相持良久。鹦哥来否，惹几度、春闺停绣。重帘逗，便请炉边叉手。"其二云："胜酥入雪，谁向人前，不仁呼汝。永日重阶，恒把子来潜数。痴儿呆女，且莫漫、彩丝牵住。一任却、食鱼捕雀，顾蜂窥鼠。　百尺红墙能度。问檀郎谢媛，春眠何处。金缕鞋边，惯是双瞳偏注。玉人回步，须听取、殷勤分付。空房暮，但唤衔蝉休误。"又陈其年《垂丝钓》云："房栊潇洒，狸奴嬉戏檐下。睡熟蝶裙，儿皱绡衩。梅已谢，撒粉英一把，将伊惹。　正风光艳冶，寻春逐队。小楼窜响鸳瓦。花娇柳妊，向画廊眠藉。低撼轻红架，鹦鹉怕，唤玉郎悄打。"董舜民《玉团儿》云："深闺驯绕闲时节。卧花茵、香团白雪。爪住湘裙，回身欲捕，绣成双蝶。　春来更惹人怜惜。怪无端、鱼羹虚设。暗响金铃，乱翻鸳瓦，把人抛撇。"刘醇甫《临江仙》云："绣倦春闺谁伴取，红氍日暖成堆。炉边叉手任相猜。金猊从唤住，玉虎罢牵回。　刚是牡丹开到午，亭阴尽好徘徊。几番移梦下妆台。买鱼穿柳去，戏蝶踏花来。"清词丽句，足为狸奴生色。

不但吾国文人爱猫，就是西方文坛名流，也有好多人都有猫癖的；如法国文豪许峨（V.Hugo）要是不见他的爱猫在房间里时，心中就会郁郁不乐，若有所失。小说家柯贝（F.Coppee）更如痴如醉的爱着猫，连年搜罗名种，不遗余力，有几头波斯种的，名贵非常。小说家高梯尔（T.Gautier）也豢养着好多头的猫，无一不爱，都给它们题了东方式的名儿，如茶比德、左培玛等；有一头雌猫，用埃及女王克丽巴德兰的名儿称呼它；另有一头最美的，生着红鼻蓝眼，平日最为钟爱，不论到哪里去，总带着同行，他称之为西菲尔太太，原来西菲尔是他自己的名儿，简直当它像爱妻般看待了。英国文坛上，也有位爱猫的名流，如小说家兼诗人史谷德（W.Scott）本来是爱狗成癖而并不爱猫的，到了晚年，却来了个转变，对于猫引起极大的好感，他曾在文章中写着："我在年龄上最大的进步，就是发现我爱着一头猫，这畜生本来是我所憎恶的。"诗人考伯（Cowper）每在家里时，他所爱的一头小猫总是厮守在他的身旁，他曾写信给朋友说："这是蒙着猫皮的一头最灵敏的畜生。"其他如约翰生（O.Johnson）、白朗（O.M.Brown）、华尔泊（H.Walpole）诸名作家，也都是有名的爱猫者，平日间是与猫为友，非猫不欢的。

平民的天使

苏联近代文学界中,作家辈出,高尔基当然是此中领袖,他的每一作品,都是人民的呼声,他的一枝笔,就是斗争的武器;而在帝俄时代,我们可不能忘怀那位伟大的托尔斯泰,他以贵族的身份,站在同情解放农奴的立场上,扛着一枝千锤百炼的健笔,与暗黑的势力纵横作战。

托氏作品的英文译著,往年我曾读过不少:并曾翻译过他的杰作《复活》和几种短篇小说,对他的文笔是拳拳服膺的。托氏的家世和生平事迹,都略有所知;他是一八二八年八月二十八日(旧历)生于图拉的亚士那亚·波利亚那村。他的祖父与彼得大帝交好,袭伯爵,后由其父承袭,托氏是第三世的伯爵了。托氏三岁丧母,九岁丧父,同他的三个哥哥、一个姊姊依其姑母,因家有采邑,生活是不成问题的。

托氏富于感情,天性过人,想起了去世的父母,往往痛哭流涕。初求学于莫斯科与喀山二地,成绩平平,后毕业于圣彼得堡帝都大学,回乡与农民交往,以改良农事为己任。一八五一年入高加索军中,后随军出征土耳其,托氏独据一炮台,与敌作战,勇名大噪,他的中篇小说《塞伐斯托波尔》就是记这一次战役的。

战事平定后，托氏解甲归来，已以诗家小说家闻名，出入圣彼得堡文酒场中，人家都刮目相看。后作德意志、意大利之游，以广见闻。一八六二年，年三十四，方始结婚，住在莫斯科邻近的菜地上，和农民们杂处。他痛恨贵族与地主的专横，深表同情于农民，曾感慨地对人说道："我们是人，农民也是人；农民披星戴月，终年忙于农事，没有好好的吃，好好的穿，而我们不耕而食，不织而衣，还要去奴役他们，这岂是仁人君子所应为的呢？"于是把他家所有的农奴，悉数遣散。他爱好劳动，事必躬亲，身穿毛布的衣服，每天茹素不吃荤腥，曾对人说："挥尔额上汗，充尔腹中饥。尽尔十指力，制尔身上衣。"他的劳动观点，于此可见一斑。

托氏因旧帝俄教育，虚浮不合理，就设立了一所小学校，集合了农家子弟，亲自教诲，课程的周密，教法的良善，其他小学校都比拟不上。校中既没有章程，也没有规则，更没有服从的体制，只是以仁爱友义的精神教导学生。托氏又精于医道，乡人有病，他亲往诊治给药，十分亲切，受惠的人都感激涕零，称之为"平民的天使"。

托氏怜悯农民的痛苦，所有著作凡是写农民生活的，最为深刻，并用以教育农民。他平日从事农作，除草砍柴，都由自己动手，常说："我们有了一副好筋骨，却不能劳动；他们农民吃不饱，穿不暖，而做我们所不能做的事，岂不是我们的耻辱！"托氏体力充沛，能够带了一百二十斤的重物，安然步行。住宅简朴非常，书室中都放着镰刀、锹、锄等农具，活像是一个农家。最奇怪的，屋中有窗无门，庭前手植大榆树一株，亭亭直上，名之为"平民树"。一九一〇年,弃家出走,不久就病倒了,以十一月七日(旧历)殁于阿司塔波伏车站。

他的一生著作,除小说外,有诗歌、杂作、宗教书等极多,其中宗教性论著及政论性作品,以帝俄审查条件的限制,未能刊印,而是转托友人先后在瑞士和英国出版的。小说以《战争与和平》《复活》《安娜·卡列尼娜》为三大杰作,传诵世界。

一枝珍重见昙花

任何物象，在一霎时间消逝的，文人笔下往往譬之为昙花一现。这些年来，我在苏州园圃里所见到的昙花，是一种像仙人掌模样的植物，就从这手掌般的带刺的茎上开出花来，开花的季节，是在农历六七月间，开花的时期，是在晚上七八时间。花作白色，状如喇叭，发出浓烈的香气；花愈开愈大，香气也愈发愈浓，从七八时开起，到明晨二三时才萎缩，花却并不掉落。它产在热带地区，所以入冬怕冷，非在温室中过冬不可。吾园也有盆栽昙花好多株，内一株高四尺许，去夏先后开了九朵花，花白如雪，香满一堂，可是去冬严寒，它和其余的几株全都冻死了。

我对于这一种昙花，始终怀疑着，以为它是属于仙人掌一类的多肉植物，并非昙花；因为我另有一大盆仙人球，去夏也开了一朵花，花形、花色、花香以及开放的时期，竟和所谓昙花一模一样。记得二十余年前，我在上海新新公司见过几株昙花，似乎是作浅灰色的，由开放到萎缩，不过二十分钟，这才与昙花一现之说，较为接近；而现在所见的却能延长到七八小时之久，怎能说是昙花一现呢？

昙花一现之说，源出佛经，《法华经》云："佛告舍利弗，如是妙法，如优昙钵华，时一现耳。"优昙钵华亦称优昙花，据说是属于无花果类，喜马拉雅山麓和德干高原锡兰等处都有出产，树身高达丈余，叶尖，长四五寸，叶有两种，有的粗糙，有的平滑。花隐蔽在凹陷的花托中，雌花与雄花不同，花托大如拳，或如拇指，十余指聚在一起。至于花作何色，有无香气，却未见记载。又据夏旦《药圃同春》载："昙花，色红，子堪串珠，微香。"看了这些记载，就足见我们现在所见的昙花，是仙人掌花而不是昙花了。

　　《群芳谱》中虽罗列着万紫千红，而于昙花却不着一字；古人的诗文中，我也没有见过歌咏或描写昙花的，偶于清初钱尚濠《买愁集》中见有一则："吉水东山修禅师，讲义精邃，一日有逊秀才来谒，玄谈霏娓，题咏轩轾，盖山猿听讲，日久得悟者也。"下有逊秀才诗十首，中《赠僧》一首云："一瓶一钵一袈裟，几卷楞严到处家。坐稳蒲团忘出定，满身香雪坠昙华。"这所谓"昙华"，分明与梅花相似，而不是现在所见的昙花了。叶誉虎前辈《遐庵诗集》中，有《赵叔雍家昙花开以一枝见赠》云："黄泉碧落人何在，玉宇琼楼梦已遐。谁分画帘微雨际，一枝珍重见昙花。"又《昙花再开感赋》云："刹那几度见开残，光景旋销足咏叹。谁信春回容汝惜，一生醒眼过邯郸。"这两首诗中所咏的昙花，不知又作何状？

轻红擘荔枝

荔枝色、香、味三者兼备，人人爱吃，而闺房乐事，擘荔枝似乎也是一个节目；清代龚定盦有《菩萨蛮》词集前人句云："娇鬟堆枕钗横凤。青春酒压杨花梦。翠被夜徒熏，娇郎痴若云。　波痕空映袜。艳净如笼月。明月上春期，轻红擘荔枝。"又苏曼殊《东居杂诗》之一云："兰蕙芬芳总负伊，并肩携手纳凉时。旧厢风月重相忆，十指纤纤擘荔枝。"读了这一词一诗，使我回忆到二十余年前亡妻凤君健在时，一见荔枝上市，总得买了来亲手剥开给我尝新的。那时我有一位文友罗五洲兄，服务香岛邮局，每年仲夏总得寄赠佳种糯米糍一大筐，成为常年老例，我和凤君大快朵颐，而儿女们也都能饱啖一下。对日抗战以后，与罗兄失去联系，久已吃不到糯米糍；今年春暮，我曾吃过二十多枚荔枝，那是早种的三月红、玉荷包之类，并不高妙，更使我苦念糯米糍不置！而送荔枝的好友与擘荔枝的亡妻，更憧憧心头不能去了。

古人吃荔枝，对于天时、环境、人事，都有研究，并不是随随便便的。据宋珏《荔枝谱》所载，有所谓清福三十三事，如开花雨时、结实风时、次第熟、雨初过、裛露摘、护持无偷摘、同好至、晚凉、新月、浴罢、簪茉莉、拈重碧、微醉、科头箕踞、佳人剥、乳泉浸、蜜浆解、临流、对鹤、楼头、联骑出观，名品尝遍、检谱、辨核、贮白瓷盆、悬青筠笼、着白苎、挂帐中、壳堆苔上、膜浮水面、色香味全、隔竹闻香、土人忽送。与清福相反的不如意事，称为黑业，也有暴雨、妒风、偷儿先尝等三十四事，吃荔枝而已，偏偏有这许多花样，也足见文人好事了。

古人吃荔枝，兴高采烈，不但独吃，并有集会结社而吃的。五代刘鋹每年于荔枝熟时，设红云宴，大会宾客。明代徐𤊹，约友好作餐荔会，定名红云社，订有社约，善啖者许入，只限七八人，太多则语喧，荔约二千颗，太少则不饱，会设清酒、白饭、苦茗，和看核数器而已。谢肇淛有《红云续约》，在初出市时即举行餐荔会，到将罢市时为止，社友都须搜罗名种，与众共之。后来宋珏又结荔社，其社约中有云："夫以希奇灵异之物，而能珍惜之，留护之，结以同趣，集以嘉辰，幕以浓阴，浴以冷泉，披以快风，照以凉月，和以重碧，解以寒浆，征以往牒，纪以新词；虽迹混尘壤，而景界仙都，身坐火城，而神游冰谷。"读了这一段文字，可见他们的兴会淋漓，真是荔枝的知己。

关于荔枝的文献，上自齐梁，下至明清，凡诗词歌赋以及谱牒、书翰、散文、杂记，等等，无不应有尽有，不知呕却文人多少心血。其以少许胜者，如明马森五言绝云："不逐青阳艳，偏妍朱夏时。摘来红玛瑙，擘破白琉璃。"宋曾几六书绝云："红皱解罗襦处，清香开玉肌时。绣岭堪怜妃子，苎萝不数西施。"明邓元岳七言绝云："金波潋滟碧波妍，一道霞光照眼鲜。何似婕好初赐浴，玉肌三尺浸寒泉。"宋李芸子《捣练子》词云："红粉里，绛金裳。一厄仙酒艳晨妆。醉温柔，别有乡。　清暑殿，偶风凉。鸡头擘破误君王。泣梨花，春梦长。"

记吝人

俭，原是人生一种美德，但是倘俭得太过分，不得其当，那就是吝了。友人给我谈起民初一个富翁的故事，十分可笑，简直是个天字第一号的吝人。

某富翁，以蔗业起家，积资千万，住在繁华奢靡的上海，却仍是一钱如命，牢守着荷包死不放。平日间布衣一领，淡泊自甘，出外总是坐一辆破包车，马车、汽车一辈子都没有坐过；而他的几位公子，却都是汽车出入，在外面花天酒地，及时行乐，不过全瞒着老子一人罢了。

他老人家在故乡时，有一晚收了账回来，天色很黑，由一个书僮，提着灯笼照路。可是这孩子走得太急，那灯笼兀自左右晃动着，他老人家心想照这样子，那一支蜡烛一定完得很快，那未免太浪费了。一抬头恰见前面有一顶四人轿在那里赶路，轿后挂着两盏灯笼，灯烛荧煌，恰好照着前路。他计上心来，忙唤书僮吹熄了烛火，紧跟着那轿子前去，赶了一程，已到家里，谁知那轿子恰也在他家大门前停住了。他以为定是甚么慈善机关募捐来的，于是忙不迭地溜进后门，唤家人出去回说不在家。家人出去一看，便暗暗失笑，回说并没有募捐的人。他老人家大为诧异，追问来的是谁？家人瞒不过，才说是公子回来了。他老人家气愤万分,心想我爱惜一支蜡烛,舍不得点完,不肖子倒坐着四人大轿,不知道做老子的正在轿后气急败坏地跟随着。一时气极了,便掏个铜子,唤家人去买了些花生和腐干来,唤过他的老妻来道:"算了,我们也不用再省钱了,大家索性多吃一些,享享福吧!"用一个铜子,就算享福,也足见其吝的程度了。

他老人家有一个媳妇,很能迎合他的意思,平日间穿着破衣服,分外地省吃俭用,有一天他老人家回来得迟了,还没有吃饭,唤厨子做菜上来,一会儿便来了一碗青菜,一碗豆腐,外加一盆炒鸡蛋。那媳妇见了,大发雷霆,唤那厨子上来,打他一个耳刮子,说:"已经有了青菜、豆腐,还用什么炒鸡蛋?像这样的浪费,可不要吃穷人家吗?"他老人家听了,暗暗欢喜,以为这媳妇贤极了。却不知她背了他,也正和公子们一样的阔绰,一掷千金,是不算一回事的。

吾家的灵芝

古人诗文中对于灵芝的描写，往往带些神仙气，也瞧作一种了不得的东西；但看《说文》说："芝，神草也。"《尔雅》说："芝一岁三华，瑞草。"又云："圣人休祥，有五色神芝，含秀而吐荣。"宋代大诗人陆放翁有《玉隆得丹芝》绝句云："何用金丹九转成，手持芝草已身轻。祥云平地拥笙鹤，便自西山朝玉京。"又《丹芝行》云："剑山峨峨插穹苍，千林万谷蟠其阳。大丹九转古所藏，灵芝三秀夜吐光。如火非火森有芒，朝阳欲升尚煌煌。何中剧断取换肝肠，往驾素虬朝紫皇。"写得何等堂皇，可知芝之为芝，决不能与闲花野草等量齐观的了。

芝的品种繁多，《神农经》所传五芝，据说红的如珊瑚，白的如截肪，黑的如泽漆，青的如翠羽，黄的如紫金，这就是所谓五色神芝。其他如龙仙芝、青灵芝、金兰芝三种，据说吃了之后，可以寿至千岁；月精芝、萤火芝、万年芝三种，吃了之后，可以寿至万岁，我终觉得古人故神其说，并不可靠，大家姑妄听之好了。

十余年前，之江大学的一位教授，在杭州山里掘得一株灵芝草，认为稀世之珍，特地送到上海去公开展览，并且拍了照片，在报纸尽力宣传，曾标价五千万元义卖助学（似是当时的所谓金圆券，尚在比较稳定的时期），其名贵可想。我生平对于花花草草，本有特殊的癖好，难得现在有这神草瑞草展览于海上，合该不远千里而来，观赏一下，可是一则因岁首触拨了悼亡之痛，鼓不起兴致来；二则吾家也有灵芝，正如报端所说质地坚硬，光亮而面有云纹，不过是死的；死的与活的没有多大分别，不看也罢。

吾家灵芝，大大小小一共有好几株，有朋友送的，也有往年在骨董铺里买来的；大的插在古铜瓶里，小的供在石盆子里，既不会坏，又十分古雅，确当得上"案头清供"之称。最好的一株，是十年前苏州一位盆栽专家徐明之先生所珍藏而割爱见赠的；三只灵芝连在一起，而在左角上方，更缀上三只较小的，姿式非常美妙，却是天生而并非人为的。这六个灵芝都面有云纹，作紫红色，背白而光，柄作黑色，好像上过漆一样，其实是天生的；质地极坚，历久不坏。对日抗战期间，我曾带着它一同逃难，后来在上海跑马厅中西莳花会中与其他盆栽并列，曾引起中西士女们的赞赏。平日间我只当它是木菌，并不十分珍视，作为一件普通的陈设；直至看了之江大学那枝灵芝的照片，才知它也是灵芝，所不同的，就是活的与死的罢了。

今夏我又得了一株灵芝，据说是一个竹工在玄墓山上工作时掘来的。五芝连结在一起，两芝最大，过于手掌，三芝不整齐地贴在后面，大小不等。五芝都坚硬如石，作紫色，沿边有两条线，色较浅淡，柄黑如漆，有光泽，的是此中俊物。我把它插在一只白端石的双叠形的长方盆里，铺以白砂，配上了一个葫芦，一块横峰的英石，供在紫罗兰盦中，自觉古色古香，非同凡品，朋友们都来欣赏，恋恋不忍去。我不知道这是甚么芝？如果吃了下去，能不能长寿？我倒也不想活到千岁万岁，老而不死，寿比南山；只要活到了一百岁，也就福如东海，心满意足了。呵呵！

然而，我却没有勇气吃下这一株五位一体的灵芝。

白话的情词

今人提倡白话文，不遗余力，所有小说和一切小品文字，多已趋重白话，如白香山诗，老妪都解，自是一件挺好的事情。以后，连公文通信等，也全用白话，那更通俗，更容易使人明白了。不过文艺中的白话诗，很少佳作，虽白话诗集，常有出版，可是有的陈义太高，有的带着外国气息，仍然令人不易明白；并且为了不用韵脚，又无从上口讽咏，总觉得不够味儿。这等于将散文拆散，排成长短句罢了。

我曾翻阅古人的诗词，见小词中尽有全用白话，而斐然可诵的，如宋代石孝友《卜算子》云："见也如何暮，别也如何遽。别也应难见也难，后会难凭据。　去也如何去，住也如何住。住也应难去也难，此际难分付。"又《品令》云："困无力。几度偎人，翠鬟红湿。低低问、几时么，道不远、三五日。　你也自家宁耐，我也自家将息。蓦然地、烦恼一个病，教一个、怎知得。"辛弃疾《寻芳草》云："有得许多泪。更闲却、许多鸳被。枕头儿、放处都不是。旧家时，怎生睡。　更也没书来。那堪被、雁儿调戏。道无书、却有书中意。更排个、人人字。"又有虽非白话而用极浅显的文字的。如李之仪《卜算子》云："我住长江头，君住长江尾。日日思君不见君，共饮长江水。此水几时休,此恨几时已。只愿君心似我心,定不负相思意。"每一讽诵,觉得韵味之佳如嚼橄榄,决非现代的白话诗所可企及。

写情的词,自应以情味见长,才有韵致,要是只知堆垛字面,那么好似女子浓抹脂粉,天然妩媚,都给掩盖住了,还有甚么好看?清代的黄仲则《步蟾宫》云:"一层丁字帘儿底。只绣着、花儿不理。别来难道改心肠,便话也、有头没尾。 兰膏半灭衾如水。陡省起、梦中情事。可怜梦又不分明,怎得个、重新做起。"董文友《忆萝月》云:"已将身许。敢比风中絮。可奈檀郎疑又虑。末肯信侬言语。 便将一瓣香烟。花间敛衽告天。若负小窗欢约,来生丑似无盐。"近人词如天虚我生《步蟾宫》云:"替卿拭泪扶卿起。到底是、怪人怎地。不成为了前言戏,便从此、将人不理。 我何敢辩非和是。生受了、冤家两字。果然你要抛侬死,敢先向、泉台等你。"此等词情味浓郁,而又明白如话,真使人百读不厌。

"八一三"抗日军兴,我避寇皖南黟县的南屏山时,想起了故乡与故园,苦闷已极!因此以填词自遣,为了觅取题材起见,时常留意左邻右舍的动态。有一次听说邻近有一个青年,因他的女友探亲他去,好久不见回来,他就相思成病,我因仿作白话词,以"相思"为题,调寄《鹊桥仙》云:"恨花恨月,怨天怨地,动便绊愁流泪。人言此是病相思,却没个仙方能治。 挂心挂肚,有情有意,要避也终难避。相思味苦似黄连,只苦里、还含甜味。"不上几时,那女友回来了,见他们俩偎坐在一起,很亲切地谈话,我因又填了一阕《西地锦》:"促坐口脂香逼。

把眼波偷瞥。偎肩低问，别来无恙，恁者般清癯。　　莫是相思太切。减许多眠食。愿听侬劝，万千珍重，要时时将息。"有一晚，听得贴邻夫妇口角，各不相下；一会儿声息全无，似乎偃旗息鼓，言归于好了。我揣摩了他们两下里的情景和心理，戏作三阕反目词，调寄《步蟾宫》云："一床分做鸿沟界。只为了、三言两语。不成铁打硬心肠，便兀自、把人怨怪。　　看来少你前生债。我到底、心儿未坏。待将决计暂丢开，又无奈、时时记挂。""看伊郁郁常含泪。不用说、依然怄气。有时偷掷眼波来，才一霎、自家回避。　　令人束手难为计。直做了、妆台奴隶。本来拚与两头眠，怎禁得、柔情蜜意。""几朝甜蜜如情侣。一扳脸、便来冷语。莫非天在做黄梅，因此上、忽晴忽雨。　　分明错订鸳鸯谱。竟仿佛、冤家团聚。到头终是好夫妻，又何必、相煎太苦。"这是仿黄、陈两家的《步蟾宫》而作的，可是东施效西子之颦，未免丑态百出了。

关于花的恋爱故事

金代泰和中,直隶大名府地方,有青年情侣,已订下了白头偕老之约,谁知阻力横生,好事不谐;两人气愤之下,就一同投水殉情。当时家人捞取尸身,没有发现,后来被踏藕的人找到了,面目虽已腐化,而衣服却历历可辨。这一年荷花盛开,红裳翠盖,一水皆香,所开的花,竟全是并蒂,大概是那对情侣的精魂所化吧。

大词章家元遗山氏有感于此,填了一首《迈陂塘》词加以揄扬:"问莲根、有丝多少,莲心知为谁苦。双花脉脉娇相向,只见旧家儿女。天已许。甚不教、白头,生死鸳鸯浦。夕阳无语。算谢客烟中,湘妃江上,未是断肠处。　香奁梦。好在灵芝瑞露。中间俯仰今古。海枯石烂情缘在,幽恨不埋黄土。相思树。流年度,无端,又被两风误。兰舟少住。怕载酒重来,红衣半落,狼藉卧风雨。"李仁卿氏也倚原调填了一首:"为多情、和天也老,不应情遽如许。请君试听双蕖怨,方见此情真处。谁点注。香潋滟、银塘对抹胭脂露。藕丝几缕。绊玉骨春心,金沙晓泪,漠漠瑞红吐。　连理树。一样骊山怀古。古今朝暮云雨。六郎夫妇三生梦,幽恨从来间阻。须念取。共鸳鸯翡翠,照影长相聚。秋风不住。怅寂寞芳魂,轻烟北渚,凉月又南浦。"

清代名臣彭玉麟氏，谥刚直，文事武功，各有成就，并且刚介廉明，正直不阿，可说是当时数一数二的人物。中法之战发生后，他以七十多岁的高年，疏调湘军入粤，把守虎门沿海，准备将他带领的两只炮艇，和法国的铁甲舰拼上一拼，后来虽因清廷急于议和，未成事实，也足见他的爱国精神。可惜他先前做了曾国藩的爪牙，和太平天国为敌，这是他一生的污点。

他少年时爱上了邻女梅仙，曾有嫁娶之约，只因为了自己的前途起见，暂与分手，预备等功成名立之后，回来完婚。谁知梅仙终于被家人所迫，含恨别嫁，以致郁郁而死。刚直知道了这回事，无限伤心，于是专画梅花，以纪念梅仙，并将他的心事，一再寄之题咏，曾有"狂写梅花十万枝"之句；每一幅画上，总钤着"英雄肝胆儿女心肠"和"一生知己是梅花"等印章，也足见他的一片痴情了。

近人李宗邺君曾有《彭刚直恋爱事迹考》一书之作，考证极详，并且编成话剧《梅花梦》，由费穆君导演，搬演于红氍毹上，曾赚了我许多眼泪。后来吾友董天野画师也曾画有梅仙像幅，图中正在瑞雪初霁之际，梅仙倚在梅花树上，作凝思状。他要我题诗，我因为是一向同情于刚直这一段恋史的，就欣然胡诌了两绝句："冷香疏影一重重，画里真真绝代容。赢得彭郎长系恋，个侬不是负情侬。""英雄肝胆彭刚直，跌宕情场见性真。狂写梅花盈十万，一花一蕊尽伊人。"

英国大小说家施各德氏（W.Scott）十九岁时，有一天，在礼拜堂前遇见一个女郎，那时大雨倾盆，她却没有带伞，因此一再踌躇，欲行不得；施氏忙将自己的伞借给她，于是两人就有了感情。女名玛格兰,是约翰贝企士男爵的爱女,从此和施氏做了密友,足足有六年之久,月下花前,常相把晤,渐渐达到了热恋的阶段。可是后来玛格兰迫于父命,嫁了一位爵士的儿子,侯门一入深如海,彼此不再相见。施氏万般伤心,只索借笔尖儿来发泄,他的小说名著《罗洛白》、《荷斯托克》两部书中的美人就是影射他的恋人,并以紫罗兰花作为她的象征。

玛格兰嫁后六月,施氏在百无聊赖中,娶了一位法国女子莎绿德沙士娣,虽是琴瑟和谐,但他的心中总还忘不了旧爱,曾赋《紫兰曲》一章歌颂她。十余年前,袁寒云盟兄正在海上作寓公,我们天天在一起切磋文艺,我将诗意告知了他,他欣然地泽成汉诗三首:"紫兰垂绿荫,参差杨与榛。窈然居幽谷,丽姿空一群。""碧叶间紫芽,迎露轻娇弹。曾见双明眸,流盼独娓妮。""赤日照清露,弹指消无痕。一转秋水波,久忘别泪昏。"他还写了一个立幅赠给我,作行体,字字遒逸,我用紫绫精裱起来,作为紫罗兰盦中的装饰品。

日本的花道

明代袁宏道中郎，喜插瓶花，曾有《瓶史》之作，说得头头是道，可算得是吾国一个插花的专家。陈眉公跋其后云："花寄瓶中，与吾曹相对，既不见摧于老雨甚风，又不受侮于钝汉麤婢，可以驻颜色，保令终，岂古之瓶隐者欤？"中郎之爱瓶花，又可于他的诗中见之，如《戏题黄道元瓶花斋》一诗云："朝看一瓶花，暮看一瓶花。花枝虽浅淡，幸可托贫家。一枝两枝正，三枝四枝斜。宜直不宜曲，斗清不斗奢。傍佛杨枝水，入碗酪奴茶。以此颜君斋，一倍添妍华。"第五句至第八句，就是他插花的诀门，三言两语，要言不烦，可给他的《瓶史》作注脚。

日本人见了《瓶史》，大为钦佩，就将中郎的插花诀门，广为传布，称为"宏道流"。日本对于插花，当作专门技术，美其名曰"花道"，与专研吃茶的茶道并重；凡是姑娘们在出嫁之先，必须进新嫁娘学校，学会花道，要是做新嫁娘而不会插花，那就不成话说了。

日本的花道，历史也很悠久，还是开始于江户时代，流派很多，有池坊流、远州流、青山流、未生流、松月堂古流、慈溪流、美笑流、古远州流、古流、千家古流、东山慈照院流、相阿弥流、靖流、竹心流、流源流、庸轩流、一圆流、绍适流、源氏流、春山流、石州流等，这都是他们自己标新立异的派别，而取法于我们中国的，那就是独一无二的宏道流。

文化、文政时代，有一位远州流插花的专家，名本松斋一得，他九十九岁时，名画家文晃作画一幅给他祝寿，文学家龟田鹏斋在画上题云："本松斋一得老人，以插花之技鸣于世，从游徒弟遍于关左；今兹年九十九矣，颜色如小儿，实地上之仙也，其徒欲启寿筵以祝之。余闻其名者久矣，因赋一绝以贺其寿焉。老人受'其技于信松斋一蝶翁，翁受之远州小堀公四世弟子甘古斋一玉子云。插花三昧绝尘缘，一小瓶中一百天。此外不知有何乐，是非花圣即花仙。'"时为文政十三年，而这九十九岁老人之上，还有老师、太老师，也足见日本花道传世之久了。

花道各有各派，各有信徒，世世传授，竟有传至六十五世的。即如那位远州流本松斋，也传至十四世；他们著书立说时，都得把这些头衔抬出来，引以为荣。宏道流传自我国明代，所以已传至二十四世，是一位女专家，名望月义耀，这一派的插花似乎参考《瓶史》，大抵是上、中、下三枝，或则增为五枝，插法较为简单，但也较为自然。有一种叫做池坊立华的，矫揉造作，用足功夫，瞧上去最不自然，据说是在国家举行大典时用的。他们插花的器具，不但用瓶、用坛，并用特制的竹器铜器，或瓷制陶制的长方形水盘，甚至有用木槽、木桶、竹篓、竹篮的，而最可笑的，无过于利用我们作扫垃圾用的畚箕了。他们所用材料，并不限于各种花草，竟不惜工本，把数十年老本的梅树和松柏等也砍断，插在瓶中盘中，供数日的观赏，那未免暴殄天物哩。

花木的神话

我性爱花木，终年为花木颠倒，为花木服务；服务之暇，还要向故纸堆中找寻有关花木的文献，偶有所得，便晨钞暝写，积累起来，作为枕中秘笈。曾于旧籍中发见许多花木的神话，虽是无稽之谈，却也可以作为爱好花木者的谈助。

三代时，安期生于喝醉了酒之后，和酒泼墨洒石上，一朵朵都成桃花。汉代有徐登、赵炳二人，各有仙术，有一天彼此相遇，各献身手，赵能禁止流水不流，徐口中含酒，喷到树上去，都会开出花来。三国时，樊夫人和她的丈夫刘纲，都能使法，各有本领。庭心有桃树二株，夫妇俩各咒其一，两桃树便斗争起来，刘纲所咒的那一株，竟会走到篱外去，好像生了脚一样。

晋代佛图澄初次访石勒时，石知道他有道术，请他一试；佛取一钵盛了水，烧香念咒，不多一会，钵中生青莲花，鲜艳夺目。唐代元和中，有书生苏昌远住在苏州，邻近有小庄，距离官道约十里，中有池塘，莲花盛开；一天，他在池边看莲，忽见一个红脸素服的女郎，貌美如花，迎面而来。苏一见倾心，就和她逗搭起来，女郎并不拒绝，表示好感。从此他们俩常到庄中来幽会，苏赠以玉环，亲自给她结在身上，十分殷勤。有一天，苏见阑槛前有一朵白莲花开了，似乎特别的动目，他低下头去抚弄一下，却见花房中有

119

一件东西，就是他所赠的那只玉环；大惊之下，忙把那白莲花拗断，从此女郎也绝迹不来了。又唐代冀国夫人任氏女，少时信奉释教；一天，有僧人拿法衣来请她洗涤，女很高兴地在溪边洗着，每漂一次，就有一朵莲花应手而出。女于惊异之余，忙回头看那僧人，却已不知所往，因给这条溪起了个名字，叫做浣花溪。

唐上都安业坊唐昌观，旧有玉兰多株，在开花的时节，好似瑶林琼树一样。元和中，春光正好，赏花的人们纷至沓来，车马络绎。有一天，忽有一位十七八岁的女郎，身穿绣花的绿衣，骑着马到来，梳双鬟，并无首饰，而美貌出众。后有二女尼和三女仆跟随，女仆都穿黄衣，也生得很美。女郎下马后，将白角扇遮面，直到玉兰花下，一时异香四散，闻于数十步外。附近的群众都以为是皇家宫眷，不敢走近去看。那女郎在花下立了好久，命女仆取花数十枝而出。一时烟雾蒙蒙，鹤鸣九天，上马之后，就有轻风拂起了尘埃，少停尘灭，大家见那女郎们已在半天之上，方知是神仙下凡，这一带余香不散，足有一个多月之久。

润州鹤林寺，有杜鹃花高一丈余，相传五代正元中有僧人从天台山移植而来，用钵盂药养它的根，种在寺中；曾有人见两位红裳艳妆的女郎游于花下，倏忽不见，疑是花神。周宝镇守浙西时，有一天对道人殷七七说："鹤林的杜鹃花，天下所无，听说道人能使花不照时令开放，现在重阳将近，可能使杜鹃开花么？"七七便到寺中去，当夜那两位女郎就对他说："我们替上帝司此花，现在且给道长开放一下；可是它不久就要回到阆苑去了。"到了重阳那天，杜鹃花果然开得烂漫如春。周宝等欣赏了整整一天，花就不见了。后来鹤林寺毁于兵火，花也遭劫，料想就如二女郎所说的回到阆苑去了。

寒云忆语

袁寒云盟兄逝世以来,已二十余年了;当他逝世十六周年时,因八月三十一日是他的冥诞,他的门弟子等,特在上海净土庵讽经追荐,只因我在吴中,未得通知,不曾前去致祭,真觉愧对故人!记得民四年间寒兄为了反对他父亲称帝,曾做了一首诗规谏,以《分明》为题:"乍着微棉强自胜,阴晴向晚未分明。南回寒雁掩孤月(兄曾南游一次),东去骄风黯九城(指日本交涉)。驹隙留身争一瞬,虿声催梦欲三更。绝怜高处多风雨,莫到琼楼最上层。"末二句就隐隐说皇帝是做不得的。当时国会议员孙伯兰就根据了这首诗,宣言反对,说项城的次子克文,也不赞成帝制,何况他人;终于引起了蔡松坡将军的云南起义,打倒了洪宪。亡友毕倚虹兄,曾说这一首诗,将来在历史中定有位置的;而寒兄之薄皇子而不为,其人格之崇高,也可想而知了。

民九、民十年间,寒兄来沪作寓公,我正在聚精会神地编辑后期的《礼拜六》周刊,他就给了我一封信,备加称许,说是愿意和我做一个朋友,从此就订了交,往来极密,凡是文酒之会,总得邀我列席,凡是他所收藏的骨董文玩以及古泉邮票之类,也一一同我摩挲观赏;后来他又爱好了西方的古金币,广事搜罗,每有所得,总以金币上的西字和我研讨,这么二三年,彼此早就交深莫逆了。

后来我又编行了《半月》《紫罗兰》《紫兰花片》诸刊物，寒兄又尽力相助，所用封面题签，都由他一手包办，并且给我写了许多文章，有《洹上私乘》《三十年闻见行录》诸名作，以及其他诗词小品，不胜枚举；他专为我作的诗也有不少，兹录其一二，如《题紫兰花片》云："还罢明珠涕泪垂，紫兰香去未移时。吴淞一剪眉痕在，苦忆苍波照鬓丝。""无限情波暗暗通，紫兰花片尺鱼中。闲愁写入新词调，和泪研朱一例红。"《题紫罗兰神造像》云："神女无端幻紫兰，云軿星佩落江干。空教白石流仙景，十二红楼梦已寒。""当年有愿作鸳鸯，弹指仙凡恨竟长。洛水巫山都隐约，微波遥梦已神伤。"《紫罗兰神赞》云："比花长好，比月当圆。香柔梦永，别有情天。右把明珠，左挥涕泪。愿花之神，持欢毋坠。"鱼鱼雅雅，具见他词章上的工力。

后来他回到了津沽，还是常通尺素，并以《江南好》一阕见怀云："鹃声苦，憔悴更谁同。早托寓言传本事，今从小记识游踪。（按，时予方游莫干出，有《山中琐记》之作，刊《上海画报》。）梦老紫兰丛。"附有一函，说在沪时意气相投，如手如足，愿订为异姓兄弟，请予赞同云云。我感愧之余，立时去书答允了。

民二十一年间，寒兄戒绝嗜好，啸傲京津间，不幸害了羊毛疹，不治去世。我得了噩耗，一恸几绝，只因牵于人事，未能前去一吊，只索北望燕云，临风肠断而已。如今他与世长辞已二十余年了，遗著除了日记外，大都散佚，真是一件憾事！

无　言

春秋时，楚文王灭息，将息侯的夫人妫掳了回去，以荐枕席，后来生下了堵敖和成王，但她老是不开口，不说话；楚子问她却为何来？她这才答道："我以一妇而事二夫，虽不能死，还有甚么话可说呢？"于是"息妫无言"就成了一个典故。可是天赋人以一张嘴，一条舌，原不是专为吃喝而设，兼作说话之用；人既不能不和社会相接触，也就不得不借说话来表达自己的意思。要是天生是个哑巴，造物之主先已夺去了她说话的权利，倒也罢了；至于说过话的人，而忽然装哑巴不说话，虽有一肚子的话要说而无从说起，这痛苦就可想而知了。息夫人以不说话来表示亡国之痛，对楚国是一种无言的抗议，值得后人同情。过去我们不幸处在一个反动统治的黑暗时代，虽都生了口舌，尽可说话，然而说起话来，有种种顾忌，有时说了一无所用，也等于空口白说。所以我在大发牢骚的时候，自愿变做一个哑巴，一辈子不再说话；甚至变做一个瞎子，一辈子不再看报。

中国有一位为了祖国而不言语的息夫人，西方也有一位为了祖国而三十年不言语的匈牙利人福立西林尔，那时匈牙利屈伏于奥地利统治之下，失去了一切自由；林尔愤慨之余，就在一八四八年集合了同志，揭竿起义。只因兵力单薄，终于失败，林尔也做了俘虏,奥人用了酷刑,逼他说出同志匿迹的所在来,以便一网打尽,杜绝后患。林尔自求一死,嚼齿不答。奥人再把他的老母、弱妹和恋人都捉了来,威胁他吐实,谁知依然无效;末后把他这三个亲人当着他的面处死,他还是不屈不挠地不发一言。奥人不忍杀害这位爱国英雄,处以无期徒刑;林尔在狱中幽闪了三十年,从没有说过一句话,以至于死。英国诗人南士弼氏曾有《不语行》一诗咏其事,赞叹不置。

西方既有一位三十年不言语的爱国家,却又有一位四十九年不言语的痴情人,那是十九世纪时英国甘莱郡中的青年威廉夏柏。威廉爱上了一个邻近的农家女,此女也深深地爱着他,早就以身相许;无奈她的父亲是个老顽固,从中作梗,她又不忍告知爱人,偷偷地竟把结婚的吉期也订定了。到了那天,威廉鲜衣华服,欢天喜地地上礼拜堂去,满以为有情人终成眷属了;谁知他的爱人已被她那顽固的老父禁闭了起来,连信也没法儿递一个给他。威廉左等也不来,右等也不来,料知好事已变了卦,垂头丧气地回到家里;从此万念俱灰,离群独处,一连四十九年,从没有和人说过话,到七十九岁才死,也并没有一句遗言,真的是伤心极了。

共产党先烈中,北有刘胡兰,南有王孝和,不幸落入了敌人之手,天天被毒刑迫害着,要他们说出同党的名姓来,他们却斩钉截铁,始终无言,宁可贡献出他们宝贵的生命。

无言无言,伟大无言!

我为什么爱梅花

这些年来，大家都知道我于百花中最爱紫罗兰，所以我从前所编的杂志，有《紫罗兰》，有《紫兰花片》；我的住宅命名"紫兰小筑"；我的书室命名"紫罗兰盦"：足见我对于紫罗兰的热爱。其实我不但热爱紫罗兰，也热爱梅花，所以我的家里有"寒香阁"，有"梅屋"，有"梅丘"，种了不少的梅树，也培养了不少的盆梅。爱紫罗兰为什么？为了爱我的挚友；爱梅花为什么？为了爱我的祖国，这是并行不悖，而一样刻骨倾心的。

梅花不怕寒冷，能在严风雪霰中开放，开在百花之先，足以代表我国强劲耐苦的国民性，因此我把它当作我国的国花。况且梅树最为耐久，古代的梅树，至今还活着而仍在开花的，据我所知，浙江省临平附近一个庙宇中，有一株唐梅；超山有一株宋梅；以我国之大，料想深山绝壑中，一定还有不少老当益壮的古梅，可惜没有人表彰罢了。我中央现在还没有想到要国花，如果想到了的话，那么以梅花为国花，似乎是很合适的。

古人曾说，梅具四德，初生蕊为元，开花为亨，结子为利，成熟为贞。后来又有人说：梅花五瓣，是五福的象征，一是快乐，二是幸运，三是长寿，四是顺利，五是我们所最最希望的和平。古代诗人墨客，称颂梅花的，更是举不胜举，诗如唐代崔道融句云："香中别有韵，清极不知寒。"宋代陆游句云："坐收国士无双价，独立东皇太乙前。"戴复古句云："孤标粲粲压群葩，独占春风管岁华。"元代杨维桢句云："万花敢向雪中出，一树独先天下春。"王冕句云："不要人夸好颜色，只留清气满乾坤。"历代诗人墨客，都一致地推重梅花，给予最高的评价。有人问我为什么爱梅花，我就以此为答。

茶 话

茶，是我国的特产，吃茶也就成了我国人民特有的习惯。无论是都市，是城镇，以至乡村，几乎到处都有大大小小的茶馆，每天自朝至暮，几乎到处都有茶客，或者是聊闲天，或者是谈正事，或者搞些下象棋、玩纸牌等轻便的文娱活动，形成了一个公开的群众俱乐部。

茶有茗、荈、槚几个别名。据《尔雅》说，早采者为茶，晚取者为茗，荈和槚是苦荼。吃茶的风气始于晋代。晋人杜育，就写过一篇《荈赋》，对于茶大加赞美；到了唐代，那就盛行吃茶了。

茶树的干像瓜芦，叶子像栀子，花朵像野蔷薇，有清香，高一二尺。江苏、浙江、福建、安徽各省，都是茶的产地，如碧螺春、龙井、武夷、六安、祁门等各种著名的绿茶、红茶，都是我们所熟知的。茶树都种于山野间，可是喜阴喜燥，怕阳光怕水，倘不施粪肥，味儿更香，绿茶色淡而香清，红茶色、香、味都很浓郁，而味带涩性。绿茶有明前、雨前之分，是照着采茶的时期而定名的，采于清明节以前的叫做明前，采于谷雨节以前的叫做雨前，以雨前较为名贵。茶叶可用花窨，如茉莉、珠兰、玫瑰、木樨、白兰、玳玳都可以窨茶，不过花香一浓，就会冲淡茶香，所以窨花的茶叶，不必太好，上品的茶叶，是不需要借重那些花的。

吃茶有什么好处，谁也不能肯定。茶可以解渴，这是开宗明义第一章。有的人说它可以开胃润气，并且助消化，尤以红茶为有效。可是卫生家却并不赞同，以为茶有刺激神经的作用，不如喝白开水有润肠利便之效。但我们吃惯了茶的人，总觉得白开水淡而无味，还是要去吃茶，情愿让神经刺激一下了。

唐朝的诗人卢仝和陆羽，可说是我国提倡吃茶的有名人物，昔人甚至尊之为茶圣。卢仝曾有一首长歌，谢人寄新茶，其下半首云："……柴门反关无俗客，纱帽笼头自煎吃。碧云引风吹不断，白化浮光凝碗面。一碗喉吻润，两碗破孤闷。三碗搜枯肠，惟有文字五千卷。四碗发轻汗，平生不平事，尽向毛孔散。五碗肌骨清，六碗通仙灵。七碗吃不得也，唯觉两腋习习清风生。"夸张吃茶的好处，写得十分有趣；因此"卢仝七碗"，也就成了后人传诵的佳话。陆羽字鸿渐，有文学，嗜茶成癖，著《茶经》三篇，原原本本地说出茶之原、之法、之具，真是一个吃茶的专家。宋朝的诗人如苏东坡、黄山谷、陆放翁等，也都是爱茶的，他们的诗集中，有不少歌颂吃茶的作品。

制茶的方法，红、绿茶略有不同，据说要制红茶时，可将采下的嫩叶，铺满在竹席上，放在阳光中曝晒，晒了一会，便搅拌一会，等到叶子晒得渐渐地萎缩时，就纳入布袋揉搓一下，再倒出来曝晒，将水分蒸散，再装在木箱里，一层层堆叠起来，重重压紧，用布来遮在上面，等到它变成了红褐色透出香气来时，再从箱里倒出来晒干，然后放在炉火上烘焙。经过了这几重手续，叶子已完全干燥，而红茶也就告成了。制绿茶时，那么先将采下的嫩叶放在蒸笼里蒸一下，或铁锅上炒一下，到它带了粘性而透出香气来时，就倒出来，铺散在竹席上，用扇子把它用力地搧，搧冷之后，立即上炉烘焙，一面烘，一面揉搓，叶子就逐渐干燥起来。最后再移到火力较弱的烘炉上，且烘且搓，直到完全干燥为止，于是绿茶也就告成了。

过去我一直爱吃绿茶，而近一年来，却偏爱红茶，觉得醇厚够味，在绿茶之上；有时红茶断档，那么吃吃洞庭山的名产绿茶碧螺春，也未为不可。

在明代时，苏州虎丘一带也产茶，颇有名，曾见之诗人篇章。王世贞句云："虎丘晚出谷雨候，百草斗品皆为轻。"徐渭句云："虎丘春茗妙烘蒸，七碗何愁不上升。"他们对于虎丘茶的评价，都是很高的；可是从清代以至于今，就不听得虎丘产茶了。幸而洞庭山出产了碧螺春，总算可为苏州张目。碧螺春本来是一种野茶，产在碧螺峰的石壁上，清代康熙年间被人发现了，采下来装在竹筐里装不下，便纳在怀里，茶叶沾了热气，透出一阵异香来，采茶人都嚷着"吓杀人香"。原来"吓杀人"是苏州俗语，在这里就是极言其香气的浓郁，可以吓得杀人的。从此口口相传，这种茶叶就称为"吓杀人香"。康熙南巡时，巡抚宋荦以此茶进献，康熙因它的名儿不雅，就改名为碧螺春。此茶的特点，是叶子都蜷曲，用沸水一泡，还有白色的细茸毛浮起来。初泡时茶味未出，到第二次泡时呷上一口，就觉得"清风自向舌端生"了。

从前一般风雅之士，对于吃茶称为品茗，原来他们泡了茶，并不是一口一口的呷，而是像喝贵州茅台酒、山西汾酒一样，一点一滴地在嘴唇上"品"的。在抗日战争以前，我曾在上海被邀参加过一个品茗之会。主人是个品茗的专家，备有他特制的"水仙"、"野蔷薇"等茶叶，并且有黄山的云雾茶，所用的水，据说是无锡运来的惠泉水，盛在一个瓦铛里，用松毛、松果来生了火，缓缓地煎。那天请了五位客，连他自己一共六人。一只小圆桌上，放着六只像酒盅般大的小茶杯和一把小茶壶，是白地青花瓷质的。他先用沸水将杯和壶泡了一下，然后在壶中满满地放了茶叶，据说就是"水仙"。瓦铛水沸之后，就斟在茶壶里，随即在六只小茶杯里各斟一些些，如此轮流地斟了几遍，才斟满了一杯。于是品茗开始了，我照着主人的方式，啜一些在嘴唇上品，啧啧有声。客人们赞不绝口，都说"好香！好香！"我也只得附和着乱赞，其实觉得和我们平日所吃的龙井、雨前是差不多的。听说日本人吃茶特别讲究，也是这种方式，他们称为"茶道"，吃茶而有道，也足见其重视的一斑。我以为这样的吃茶，已脱离了一般劳动人民的现实生活，实在是不足为训的。

神仙庙前看花去

农历四月十四日，俗称神仙生日，神仙是谁？就是所谓八仙中的一仙吕纯阳。吕实有其人，名岩，字洞宾，一名岩客，河中府永乐县人，唐代贞元十四年四月十四日生，咸通中赴进士试不第，游长安，买醉酒家，遇见了钟离权得道，不知所往。吕还是一位诗人，有诗四卷；我很爱他的绝句，如《牧童》云："草铺横野六七里，笛弄晚风三四声。归来饱饭黄昏后，不脱蓑衣卧月明。"《绝句》云："朝游北越暮苍梧，袖里青蛇胆气粗。三入岳阳人不识，朗吟飞过洞庭湖。"《洞庭湖君山颂》云："午夜君山玩月回，西邻小圃碧莲开。天香风露苍华冷，云在青霄鹤未来。"这些诗倒也很有一些仙气的。

福济观，俗称神仙庙，又称吕祖庙，在苏州市阊门内皋桥东，就是供奉吕纯阳的所在。旧时每逢四月十四日，观中必打醮，香客都来膜拜顶礼。相传吕化为衣衫褴褛的乞食儿，混在观中，凡是害有疑难杂症的人，这一天倘来烧香，往往不药而愈，据说是仙人可怜见他而给他治愈的。这天到神仙庙来烧香或凑热闹的，叫做轧神仙。糕团店里特制了五色米粉糕出卖，称为神仙糕；有卖龟的，把大龟小龟和绿毛龟放在竹篓或水盆中求售，称为神仙龟；还有一般花农，纷纷挑了草本花和木本花来出卖，称为神仙花，总之，无一不与神仙勾搭上了。

我们一般爱花的朋友，年年四月十四日，总得前去走一遭，并不是轧神仙，全是为了看花去的。因为从十二日到十四日，神仙庙前的西中市、东中市一带，成了一个盛大的花市，凡是城乡的花贩花农都将盆花集中于此。我们可以饱看姹紫嫣红，百花齐放，见有合意的，就买一些回去；不管它是神仙花不是神仙花，只要是自己心爱的花就得了。

旧时不但人民大众要来轧神仙，娼妓们也非来不可，一面烧香，一面买花，而尤其要买千年蒀，称为交好运，因为"蒀"、"运"两字是同音的。清代沈朝初有《忆江南》词云："苏州好，生日庆纯阳。玉洞神仙天上度，青楼脂粉庙中香。花市绕回廊。"解放以后，妓女也都解放了，学习技术，从事生产，真的是交了好运。每年农历四月十四日，不废旧俗，大家仍去轧神仙，我们也仍到神仙庙前看花去。

和台风搏斗的一夜

一九五六年七月下旬，虽然一连几天，南京和上海的气象台一再警告十二级的台风快要袭来了，无线电的广播也天天在那里大声疾呼，叫大家赶快预防，而我却麻痹大意，置之不理。大概想到古人只说"绸缪未雨"，并没有"绸缪未风"这句话，所以只到园子里溜达了一下，单单把一盆遇风即倒的老干黑松从木板上移了下来，请它在野草地上屈居一下；而我那几间平屋，一座书楼，倒像是两国战争时期不设防的城市，一些儿防备都没有。

八月二日的下午，台风的先头部队已经降临苏州，我却披襟当风，心安理得，自管在书楼上给上海文化出版社继续写一部《盆栽趣味》，一面还听着无线电中的音乐，连虎啸狮吼般的风声也充耳不闻。哪里料到《盆栽趣味》没有写完，这一夜就饱尝了苦于黄连的台风滋味呢。

入夏以来，我是夜夜独个儿睡在那座书楼上的，前年五月，儿女们为了庆祝我的六十岁生日，在东厢凤来仪室的上面，起建了一座小小书楼，名为"花延年阁"；这原是我十余年来的愿望，总算如愿以偿了。这书楼四面脱空，一无依傍，倒像是个遗世独立的高士，而这夜可就做了台风袭击的中心。大约在十一点钟的时候，台风的来势已很猛烈，东北两面的玻璃窗，被刮得格格地响着，加上园子里树木特多，被风刮得分外的响；我听了有些害怕，便抱着枕头和薄被，回到楼下卧室里来。

正在迷迷糊糊快要入睡的当儿，猛听得楼上豁琅琅一片响声，我大吃一惊，立时喊一声"哎哟"，从床上跳了下来，趿着拖鞋，忙不迭和妻赶上楼去；却见北面那扇可以远望双塔的冰梅片格子的红木大方窗，已被击破，玻璃落地粉碎，连窗下那座十景矮橱顶上一尊乾隆佛山窑的"汉钟离醉酒"造像也带倒了。这是我心爱的东西，即忙拾起来察看，还好，并没有碎。此外打碎了一只粉彩凤穿牡丹的瓷胆瓶，和一个浮雕螭虎龙的白端石小瓶，这损失不算大，台风伯伯还是讲交情的。

回到了楼下，又回到了床上，听那风刮得更响了，我想怎样可以入睡呢？没有办法，只得向妻要了两团棉花，塞在两个耳朵里，风声果然低下去了。歇了一会，妻还是不放心，重又上楼去看看，我却自管高枕而卧，不料一霎时间，我那塞着棉花团的耳朵里，仿佛听得妻的惊呼之声。我料知"东窗事发"，不由得胆战心惊，霍地跳起身来，飞奔上楼，只见妻呆立在那里，而靠北的一扇东窗，不知怎样飞去了，我的心立刻向下一沉，想窗儿做了这"绿珠坠楼"的表演，定然要粉身碎骨的了。那时狂风挟着雨片，疾卷而入，连西窗下安放着的书桌也打湿了，桌上的所谓"文房四宝"和小摆设之类，都湿淋淋地变成了落汤鸡。我不知哪里来的勇气，竟像当年洪水决堤时将身抵住缺口的英雄们一样，随手拖了一条席子和一张吹落下来的窗帘，双臂像左右开弓似的，用力遮着窗口；可是没有用，身上的衣裤都给打湿了。风雨还是猛扑着，几乎把我扑倒，而一口气也几乎透不过来。

妻赶下楼去报警呼援，于是整个屋子的人，都赶上来了，掮来了一扇板门，替我抵住了窗口，大家手忙脚乱地去找铁锒头，找长钉子，把那板门牢牢钉住在上下的窗槛上，总算又把台风伯伯挡住了驾。

可是台风见我们有困难，也有办法，当然不甘心默尔而息，更以全力进攻。正在提心吊胆的当儿，只听得格的一声，靠南的一扇东窗又不翼而飞了。我喊一声"天哪！"没命地扑向前去，扯起窗帘来抵住窗口，和无情的风雨再作搏斗。好不容易到园子里找到了那扇飞去的窗，回上来放在原处，又把长钉上下钉住了，总算又把台风伯伯挡住了驾。

天快要亮了，我们五个人通力合作，做好了这些起码的防御工事，筋疲力尽地退回后方休息，而这座明窗净几的书楼，早已变了个样，仿佛变做了王宝钏苦守十八年的寒窑。楼外的台风伯伯似乎向我冷笑道："你还要麻痹么？你还要大意么？这回子才叫你晓得咱老子的厉害！"我只得苦笑着道："台风伯伯，我小子这才领教了！"

枣

　　已是二十余年的老朋友了，一朝死别，从此不能再见，又哪得不痛惜，哪得不悼念呢！这老朋友是谁？原来是我家后园西北角上的一株老枣树，它的树龄，大约像我一样，已到了花甲之年，而身子还是很好，年年开花结实，老而弥健；谁知一九五六年八月二日的夜晚，竟牺牲于台风袭击之下，第二天早上，就发见它倒在西面的围墙上，早已回生无术了。

　　我自二十余年前住到这园子里来时，它早就先我而至；只因它站在后园的一角，地位并不显著，凡是到我家里来的贵宾们和朋友们从不注意到它；可是我每天在后门出入，总看到它直挺挺地站在那里，尤其是我傍晚回来的时候，刚走进巷口，先就瞧见了它，柔条细叶，在晚风中微微飘拂，似乎向我招呼道："好！您回来了。"这几天我每晚回来，可就不见了它，眼底顿觉空虚，心底也顿觉空虚，真的是怅然若有所失！

　　老朋友是从此永别了；幸而我在前三年早就把它的儿子移植到前园紫藤架的东面，日长夜大，现在早已成立，英挺劲直，绰有父风，年年也一样地开花结实，勤于生产；去年还生了个儿子，随侍在侧，将来也定有成就。我那老朋友有了这第二代、第三代，也可死而无憾了。

枣别名木蜜，是落叶亚乔木，干直皮粗，刺多叶小，入春发芽很迟，五月间开小淡黄花，作清香，花落随即结实，满缀枝头，实作椭圆形，初青后白，尚未成熟，一熟就泛成红色，自行落下，鲜甜可口，是孩子们的恩物。枣的种类很多，据旧籍所载，不下八十种，有羊枣、壶枣、丹枣、棠枣、无核枣、鹤珠枣、密云枣诸称，甚至有出在外国的千年枣、万岁枣，和带有神话意味的仙人枣、西王母枣等，怪怪奇奇，不胜枚举。一九五一年夏，我因嫁女上北京去，在泰安车站上吃到一种芽枣，实小而味甜，可惜其貌不扬。我所最最爱吃的，还是北京加工制过的金丝大蜜枣，上口津津有味，腴美极了。

古代关于枣的神话很多，说什么吃了大枣异枣，竟羽化登仙而去，只能作为谈助，不可凭信；而枣的文献，魏、晋时代早就有了，唐代大诗人白乐天也有长诗加以赞美，结尾有云："寄言游春客，乞君一回视。君爱绕指柔，从君怜柳杞。君求悦目艳，不敢争桃李。君若作大车，轮轴材须此。"这就说出了枣树的朴素，不足以供欣赏，而它的木质很坚实，倒是材堪大用的。他如，宋代赵抃有"枣熟房栊暝，花妍院落明"，黄庭坚有"日颗曝干红玉软，风枝牵动绿罗鲜"之句；而最有风致的，要推明代揭轨的一首《枣亭春晚》："昨日花始开，今日花已满。倚树听嘤嘤，折花歌纂纂。美人浩无期，青春忽已晚。写尽锦笺长，烧残红烛短。日夕望江南，彩云天际远。"他的看法，又与白乐天不同，不过他是别有寄托，而借枣花来抒情的。

鲁迅先生在《秋夜》中曾对枣树加以描写："枣树，他们简直落尽了叶子。先前，还有一两个孩子来打他们别人打剩的枣

子,现在是一个也不剩了,连叶子也落尽了。他知道小粉红花的梦,秋后要有春;他也知道落叶的梦,春后还是秋,他简直落尽叶子,单剩干子,(中略)而最直最长的几枝,却已默默地铁似的直刺着奇怪而高的天空,使天空闪闪地鬼眨眼;直刺着天空中圆满的月亮,使月亮窘得发白。"这一节是描写得很美的。我后园里的老枣树,也有这样的景象;可是从此以后,它不会再默默地铁似的直刺着奇怪而高的天空。

说也奇怪!我满以为这株老枣树已被台风杀死了,谁知到了今春,忽又复活,尽管大部分的根已经拔起,而小部分还在地下;尽管倒在墙上,分明已没了生机,而不知怎的,经过了杏花春雨,那梢上的枝条,竟发起叶来,依然是青翠可爱。这就足见我这位老朋友是如何的有力量,台风任是怎样凶狠,也杀不了它,它竟复活了,将顽强地活下去,无限期地活下去。

咖啡琐话

一九五五年仲夏莲花开放的时节，出阁了七年而从未归宁过的第四女瑛，偕同她的夫婿李卓明和儿子超平，远迢迢地从印尼共和国首都雅加达城赶回来了，执手相看，疑在梦里！她带来了许多吃的、穿的、用的和玩的东西，内中有一方听雪白的砂糖和一方听浓香的咖啡粉；她是一向知道老父爱好这刺激性的饮料的。据她说，在印尼无论是土著或侨民都以咖啡代茶喝，往往不放糖和牛乳，好在咖啡豆磨成了粉末，只须用沸水冲饮，极为方便。我已好久喝不到好咖啡了；这时如获至宝，喜心翻倒。从去夏到今春，每星期喝两次，还没有完；有时精神稍差，就得借它来刺激一下。

咖啡是热带的产物，南美洲的巴西国向以咖啡著名，而印尼所产也着实不坏。树身高约二丈，叶对生，作椭圆形，尖如锥子，开花作白色，香很浓烈，花谢结实，像黄豆那么大，采下来焙干之后，就可磨细煎饮了。

咖啡最初的产生，远在十五世纪，有一位阿拉伯作家的文章中，已详述它的种植法；而第一株咖啡树，却发见于阿拉伯半岛西南角的某地。后来咖啡的种子外流，就普及于其他地区，成为世界饮料中的恩物，可以和我国的红绿茶分庭抗礼。

咖啡是舶来品，是比较新的东西，所以我国古代的诗人词客，从没有把它作为吟咏的题材的。到了清代，咖啡随欧风美雨而东来，遍及大都市，于是清末的诗词中，也可看到咖啡了。如毛元征的《新艳》诗云："饮欢加非茶，忘却调牛乳。牛乳如欢甜，加非似侬苦。"潘飞声《临江仙》词云："第一红楼听雨夜，琴边偷问年华。画房刚掩绿窗纱。停弦春意懒。侬代脱莲靴。　也许胡床同靠坐，低教蛮语些些。起来新酌加非茶。却防憨婢笑，呼去看唐花。"我也有一阕《生查子》词："电影上银屏，取证欢侬事。脉脉唤甜心，省识西来意。　积恨不能消，狂饮葡萄醉。更啜苦加非，绝似相思味。"其实咖啡虽苦，加了糖和牛乳，却腴美芳香，兼而有之；相思滋味，有时也会如此，过来人是深知此味的。

咖啡馆的创设，还在十五世纪中叶，阿拉伯的城市中，几乎都有咖啡馆，因为从沙漠里来的行商骆驼队，都跋涉长途，口渴不堪，就得上咖啡馆来解解渴，于是咖啡馆风起云涌，盛极一时。一般阿拉伯人渐渐地爱上了咖啡馆，日常聚集在那里，聊聊天，取取乐，以致耽误了正当的工作。甚至政治上的阴谋，也从咖啡馆中产生出来，一时闹得乌烟瘴气。于是掌握政权的主教们大发雷霆，下令取缔咖啡馆，凡是上咖啡馆去喝咖啡的人都要处刑。当时君士坦丁等各地的咖啡馆纷纷倒闭，而在阿拉伯最最著名的咖啡"摩加"，已曾专卖了二百多年，几乎没有人问津，只得另找出路，流入了意大利的水城威尼斯。

十六世纪的中叶，法京巴黎的咖啡馆，多至二千家，而英京伦敦，更多至三千家，虽曾经过一次大打击，被迫关门；后来卷土重来，变本加厉，甚至喊出了口号："我们要从咖啡馆中改造出新的伦敦，新的英吉利来！""咖啡馆是新伦敦之母！"也足见其对于咖啡馆的狂热了。

　　苏州在日寇盘据的时期，也有所谓咖啡馆，门口贴着"欢迎皇军"的招贴，由一般荡女淫娃担任招待，丑恶已极！我偶然回去探望故园，一见之下，就疾首痛心，掩面而过。那时老画师邹荆盦前辈已从香山回到城中故居，他是爱咖啡成癖的，密藏着好几罐名牌咖啡，而以除去咖啡因的"海格"一种为最，我们痛定思痛，需要刺激，他老人家就亲自煎了一壶"海格"，相对畅饮，我口占小诗三绝句答谢云："卢同七碗浑闲事，一盏加非意味长。苦尽甘来容有日，借它先自灌愁肠。""白发邹翁风雅甚，丹青写罢啜加非。明窗静看丛蕉绿，月季花开香满农。"（翁喜种月季花。）"瓶笙声里炎炎火，彝鼎纷陈闻妙香。我欲晋封公莫却，加非壶畔一天王。"原来苏州人多爱喝茶，爱咖啡的不多，像邹老那么罗致名品，并且精其器皿的，一时无两，真可称为咖啡王了。他老人家去世三年，音容宛在，我每对咖啡，恨不能起故人于地下，和他畅饮一番，并对他说，现在苦尽甘来，与国同休，喝了咖啡更觉兴奋，不必借它来一灌愁肠了。

霜叶红于二月花

"远上寒山石径斜，白云深处有人家。停车坐爱枫林晚，霜叶红于二月花。"

这是唐代大诗人杜牧之的一首《山行》诗，凡是爱好枫叶的人，都能朗朗上口的。"霜叶红于二月花"，这七个字的名句，给与枫叶一个很高的评价。

枫别名灵枫、香枫，又称摄摄，据《尔雅》说："枫摄摄"，因枫叶遇风则鸣，摄摄作声之故。树身高大，自一二丈达三四丈，叶小而秀，有三角、五角、七角之分，也有状如鸡脚、鸭掌或蓑衣的。据说枫的种类很多，计五六十种。山枫的叶子是三角的，称为粗种，可以利用它的干，接以其他细种，易活易长。农历二月间，开小白花，结实作元宝形，掉在地上过冬，明春就长出一株株小枫来。我往往在园子里掘取十多株，合种在长方形的紫砂盆里或沙积石上，作枫林模样，很可爱玩。

枫叶入秋之后，渐渐地由绿色泛作黄色，一经霜打，便泛作红色，到了初冬，愈泛愈红，因此红叶就变成了枫叶的代名词。"红叶为媒"，是唐代的一段佳话，至今还传诵人口，那故事是这样的："唐僖宗时，学士于祐，晚步禁衢，于御沟得一红叶，有女子题诗其上；祐拾叶题句，置沟上流，宫人韩翠苹得之。后帝放宫女三千，出宫遣嫁；翠苹嫁祐，出红叶相示，惊为良缘前定。"这件事不知道是不是实有其事，如果是事实，可说是再巧也没有了。

古人爱好枫叶，纷纷歌颂，除杜牧之一首最著名外，宋代赵成德也有一首："黄红紫绿岩峦上，远近高低松竹间。山色未应秋后老，灵枫方为驻童颜。"它把枫叶夏绿秋黄以至入冬红紫各种色彩，全都写了出来。此外，历代诗人散句如："独叹枫香林，春时好颜色。""一坞藏深林，枫叶翻蜀锦。""遥看一树凌霜叶，好似衰颜醉里红。""只言春色能娇物，不道秋霜更媚人。""万片作霞延日丽，几株含露苦霜吟。"从这些诗句中，都可看出霜后的枫叶，真是如翻蜀锦，美艳已极。

日本种植枫树，有独到处，种类之多，胜于我国，他们的枫，春天里就红了，称为春红枫，据说一年四季，红色始终不变。有一种春天红了，入夏泛绿，到秋深再泛为红。我家有盆栽老干枫树一株，高一尺余，露根如龙爪，姿态极美，春间发叶，鲜妍如晓霞，日本人称为静涯枫，最为难得。又有一株作悬崖形，春夏叶作绿色，而叶尖却作浅红，并且是透明的，也可爱得很。

苏州天平山，以石著，也以枫著，高义园、童子门一带，全是高大的枫树，入冬经霜之后，云蒸霞蔚，灿烂如锦绣；去年老友张晋、余彤甫二画师都去写生，画成了大幅，堪称一时瑜亮。今秋我虽常在探问"天平枫叶红了没有"？可是为了参加上海和苏州的菊展，手忙脚乱，不能抽身前去观赏一下。十一月下旬，中央文化部郑振铎同志来访，据说刚从天平山看枫归来，满山如火如荼，漂亮极了。我听了，羡慕他的眼福不浅。

南京的栖霞山，也以枫著称，每年深秋，前去看枫的人，络绎于途，因此俗有"春牛首，夏莫愁，秋栖霞"之说。这两年来我常往南京，总想念着栖霞，今秋因出席省文联代表大会之便，与程小青兄游兴勃发，都想一赏栖霞红叶，偿此宿愿，谁知一连好几天，都抽不出时间来，大呼负负；后来听费新我画师说，他已去过了，红叶都已凋谢，虚此一行。那么我们虽去不成，也不用后悔了。

从南京回得家来，却见我家爱莲堂前的那株大枫树，吃饱了霜，正在大红大紫的时期，千片万片的五角形叶子，烂烂漫漫地好像披着一件红锦衣裳，把半条廊也映照得红了。一连几天，朝朝观赏，吟味着"霜叶红于二月花"的妙处，虽没有看到天平和栖霞的红叶，也差足一餍馋眼了。

秋菊有佳色

"秋菊有佳色，把露掇其英"，这是晋代高士陶渊明诗中的名句，与"采菊东篱下，悠然见南山"两句，同为千古所传涌。陶渊明爱菊，也爱酒，常常对菊饮酒，悠闲自得。有一年重阳佳节，他恰好没有酒，坐在宅边菊花丛里，采了一把菊花赏玩着，忽见白衣人到，原来是江州刺史王弘送酒来了，于是一面赏菊，一面浅斟低酌起来。后人因渊明偏爱菊花之故，就在十二月花神中，尊渊明为九月菊花之神。凡有人特别爱菊的，就称为"渊明癖"。

我国之有菊花，历史最为悠久，算来已有二三千年了。《礼记·月令》曾有"季秋之月，菊有黄华"之句，大概那时只有黄菊一种，不像现在这样五光十色，应有尽有。到了战国时代，爱国诗人屈原的《楚辞》中，曾有"夕餐秋菊之落英"的名句。为了这一句，后人聚讼纷纭，以为菊花只会干，不会落，怎么说是落英？其实屈大夫并没有错，落，始也，落英就是说初开的花，色、香、味都好，确实可吃。

一般人都以为重阳可以赏菊，古人诗文中，也常有重阳赏菊的记载。其实据我的经验，每年逢到重阳节，往往无菊可赏，总要延迟到十月。宋代诗人苏东坡也曾经说，岭南气候不常，我

以为菊花开时即重阳,因此在海南种菊九畹,不料到了仲冬方才开放,于是只得挨到十一月十五日,方置酒宴客,补作"重九会"。

明太祖朱元璋,曾有一首《菊花》诗:"百花发,我不发。我若发,都骇煞。要与西风战一场,遍身穿就黄金甲。"就咏菊来说,那倒把菊花坚强的斗争精神,全都表达了出来。

明代名儒陆平泉初入史馆时,因事和同馆诸人去见宰相严嵩,大家争先恐后,挤上前去献媚,陆却退让在后面,不屑和他们争竞,那时恰见庭中陈列着许多盆菊,就冷冷地说道:"诸君且从容一些,不要挤坏了陶渊明!"语中有刺,十分隽妙,大家听了,都面有愧色。

宋高宗时,宫廷中有一位善歌善舞的菊夫人,号"菊部头",后来不知怎的,称病告归。太监陈源将厚礼聘请了去,把她留在西湖的别墅里,以供耳目之娱。有一天宫廷有歌舞,表演不称帝旨;提举官开礼启奏道:"这个非菊部头不可。"于是重新把菊夫人召了进去,从此不出。陈源伤感之余,几乎病倒;有人作了曲献给他,名《菊花新》,陈大喜,将田宅金帛相报。后来陈每听此曲,总是感动得落泪,不久就死了。"菊部头"三字,现在往往用作京剧名艺人的代名词。

菊花中香气最可爱的,要算梨香菊,要是把手掌覆在花朵上嗅一嗅,就可闻到一种甜香,活像是天津的雅梨。据说最初发见时,还在清代同光年间,不知由哪一个大官,进贡于西太后,太后大为爱赏,后来赏了一本给南通张謇,张家的园丁偷偷地分种出卖,就流传出去,几乎到处都有了。花作白色,品种并不高贵，所可爱的，就是那一股雅梨般的甜香罢了。

在菊花时节，我怀念一位北京种菊的专家刘契园先生，他正在孜孜不倦地保存旧种，培养新种，获得了莫大的成就。近年来他又采用了短日照培植法，使菊花提前一个月到两个月开放，人家的菊花正在含蕊，而他的园地上已有一部分盆菊早就怒放了。

我与刘先生虽未识面，却是神交已久。去年他托苏州老诗人张松身前辈向我征诗，我胡诌了七绝两首寄去，有"松菊为朋心似月，悬知彭泽是前身"、"黄金万镒何须计，菊有黄花便不贫"等句。刘先生得诗之后，很为高兴，回信说倘有机会，要把他的菊种相报。我对于他老人家的种种名菊，早就心向往之了，只是从未见过，真是时切相思，如今听说要将菊种见赐，怎么不大喜过望呢？可是地北天南，寄递不便，只好望眼欲穿地期待着。今夏苏州公园的花工濮根福同志，恰好到首都去出席全国先进生产者代表大会，我就写了封信托他带去，向刘先生道候，并婉转地说我老是在想望他的"老圃秋容"。

大会结束后，濮同志回到苏州来了，说曾见过了刘老先生，并带来了菊种六十个，共三十种，分作两份，一份赠与苏州市园林管理处，一份是赠与我的。我拜领之下，欣喜已极，就托濮同志代为培植。刘先生还开了一个名单给我，有"碧蕊玲珑""金凤含珠""霜里婵娟""杏花春雨""天孙织锦""银河长泻""霓裳仙舞""武陵春色""紫龙卧雪"，等等，都是富有诗意的名称，我一个个吟味着，又瞧着那六十个绿油油的脚芽，恨不得立刻看它们开出五色缤纷的好花来。经了濮同志几个月的辛苦培养，六十个芽全都发了叶，含了蕊，到现在已完全开放，五光十色，应有尽有，真是丰富多彩，使小园中生色不少。我为了急于参加上海中山公园的菊展，就先取一本半开的黄菊，翻种在一只古铜的三元鼎里，加上一块英石，姿态入画，大书特书道："北京来的客。"

刘先生不但是个艺菊专家，也是一位诗人，虽已年逾古稀，却老而弥健，一面艺菊，一面赋诗，曾先后寄了两张诗笺给我，不论一诗一词，都以菊为题材，他那契园中的室名斋名，如"寒荣室""守儋斋""晚香簃""延龄馆""寄傲轩"等，全都离不了菊，也足见他对于菊花的热爱。

刘先生艺菊，并不墨守陈规，专重老种，每年还用人工传粉杂交，因此新奇的品种，层出不穷，真是富于创造性的。他除了采用短日照培植法催使菊花早开外，还想利用原子能，曾赋诗言志云："原子云何可示踪？内含同位素相冲。叶中放射添营养，根外追肥易吸溶。利用驱虫如喷药，预期增产慰劳农。我思推进秋华上，一样更新喜改容。"我预祝他老人家成功。

送　灶

江南各地旧俗，对于厨房里的所谓"灶神"，很为尊重，总要在灶头上砌一个长方形的小小神龛，将一尊用红纸描金画出来的"灶神"供奉在内，上加横额，写就"东厨司命"四字，这仪式定在大除夕举行，燃香点烛，斋以百叶、粉皮、油豆腐与香菌、扁尖、木耳等素食品，再配上橘子、乌菱、糖年糕等果饵；末了焚化一付纸做的所谓"圆段"，于是合家男女老小，叩头礼拜，称为"接灶"。

供奉了一年，到农历十二月二十四日晚上，就要举行"送灶"仪式，一样的点了香烛，斋了素食品和果饵；另外，又要用糯米粉裹了豆沙馅做成团子，名叫"谢灶团"，以四个作供，而最重要的，是供上用麦芽糖做成的一个糖元宝，昔人称为"胶牙饧"。怎么叫做"胶牙"呢？据说这夜灶神上天去朝见玉皇大帝，要把这一家一年来做错了的事情，告诉玉帝，当然对于这一家是大为不利的。因此异想天开，把这两种富有黏性的糯米团和糖元宝给灶神吃，胶住他的牙齿，使他开口不得，就可把做错了的事情瞒过去了。这风俗，在宋代就有了，范成大《吴郡志》巾有云："二十四日祀灶，用胶牙饧，谓胶其口，使不得言。"《吴县志》也说：二十四日祀灶，名送灶，用糯米粉团和糖饼，说是灶神这一天上天时，要讲人家的过失，所以用这两件东西来粘住他的嘴。这不但是苏俗如此，杭州也有此俗。吴曼云《江乡节物词》云："春饧着色烂如霞，清供还斟玉乳茶。不用黄羊重媚灶，知君一楪已胶牙。"又朱竹垞《醉司命》词有云："炼香以烧，翦纸而焚。饧糕粉荔，杂遝上陈。"足见送灶用胶牙饧，是不止苏州一处；朱竹垞是嘉兴人，或许鸳鸯湖畔也有此俗吧？怎么叫做"醉司命"呢？据说从前是不用饧来胶灶神的牙的，而用酒糟来涂抹灶门，称为"醉司命"，用意也与胶牙饧一样，就是用酒糟来醉倒了灶神，使他上了天，无从向玉帝搬弄是非，曾有一位诗人二十四日在万安舟中赋诗云："十八滩头一叶身，人言司命醉今辰。扪心一一从头数，无过无功可告神。"这种风俗说来虽很可笑，倒也很为有趣。

送灶仪式结束时，全家礼拜恭送，然后将纸做的灶神捧在一顶纸轿里，到门外去焚化，把烬余的残纸送还神龛中，美其名曰"接元宝"。同时把先就准备了的青豆或黄豆，和好几根剪成寸许长的稻草，撒在屋顶上，叫做"马料豆"，原来是给灶神的马吃的。

清代诗人郭频伽，曾作《送灶词》，很有风趣，诗云："白米出磨如玉尘，饦馄作饼甘入唇。青竹灯檠缚舆轿，红笺剪碎糊车轮。愿侯上天莫逡巡，祝侯之来福我民。勃豀诟谇侯不闻，男呻女吟侯不嚬。常时突烟有断绝，有时腽膊烧湿薪。侯居我家亦云久，亮如鲍叔知我贫。上天高高帝所远，蚍虱小臣纵疏懒。平生所事不欺人，何况我侯皆在眼。今朝再拜前致词，富且不求余可缓。有酒在瓶肴在盆，故事聊以糟涂门。安知司命不一醉，我已独酌余空樽。千家送神爆竹齐，小儿索饭门东啼。"这是一首绝妙的讽刺诗，灶神如果解事，也将忍俊不禁。一结更是仁人之言，音在弦外，意味深长。

七鬈八盖

我六岁丧父，出身于贫寒之家，自幼儿就知道金钱来处不易，立身处世，应该保持勤俭朴素的作风；滥吃滥用，那是败家子的行为，将来不会有好结果的。

记得十六岁的时候，我正在上海民立中学做苦学生，免费求学。平日见我那位青年守寡的母亲，仗着针线所入，抚养我们兄弟三人和一个妹妹，夜以继日地劳动着，实在太辛苦了，想怎样帮助她一下。因此，趁着暑假期间，根据一本从城隍庙旧书摊上买来的《浙江潮》杂志中一节法国恋爱故事，编了一个五幕的剧本，定名"爱之花"，用了"泣红"的笔名，寄给商务印书馆，侥幸地竟被采用，刊登于《小说月报》创刊号中，分四期刊完，得银圆十六枚，真使我喜出望外，连忙交与母亲。母亲见我在求学时期，居然会挣起钱来，当然也高兴得很；但她舍不得用，除把三块钱买了一石米外，就把其余十三块钱托人存到钱庄里去。

她对我说："你这钱是把心血换来的，我怎么舍得用；何况我们向来仗着我的针线换饭吃，从来没有多余的钱，现在可以把这笔意外的财香积储起来了。要知不论是什么人，都应该把多余的钱积储一些；譬如有七只鬈，总须有八只盖，才觉得绰绰有余，如果只有六只盖，那么盖来盖去，总是不够，那就不好办了！"

母亲的这个教训，深深地记住在我的心坎上，老是不能忘怀。所以我一辈子就记着这"七氅八盖主义"。卖文所入，除了应付日常生活费用外，总得储蓄一些，以备不时之需。我储蓄了二十年，相等于四个五年计划，才买下了苏州四亩地的园居，在抗日战争以前，从上海奉母迁苏，让她老人家享了七年的清福。这笔零存整取的钱用掉以后，又急起直追，省吃俭用地挤出钱来，重新从事储蓄。这二十余年来，我就依靠这一支"常备军"，在生活战线上作战，母、妻和一子先后去世，我把储蓄的钱给她们作丧葬费用；二子四女先后结婚，我也把储蓄的钱多多少少给他们作嫁娶费用。按月收入不敷所出时，我也就把储蓄的钱，贴补生活费用，总可应付过去。这就可见我所信奉的"七氅八盖主义"真是无往不利的。

在解放以前，银行未必可靠，币值又动荡不定，我于储蓄上虽得到不少帮助，但也不无损失。解放以来，人民银行安如泰山，物价稳定，更加强了我储蓄的信心，不但是利在个人，利在一家，并且有助于国家社会主义建设，又何乐而不为呢？

朋友们，你们不见蜜蜂吗？采得百花成蜜后，也要积储起来，我们俨然是万物之灵，难道可以不如那小小的蜜蜂吗？朋友们，快快合理地安排好家庭生活，把精打细算所得，快快去参加储蓄吧！

储蓄储蓄，先要节约，七氅八盖，大可信服，积少成多，自然富足，有备无患，何等安乐！有利于己，有功于国。

有朋自远方来

古人道得好："有朋自远方来，不亦乐乎！"远方来了朋友谈天说地，可以畅叙一番，自是人生一乐，何况这个朋友又是三十余年前的老朋友，并且足足有三十年不见了，一朝握手重逢，喜出望外，简直好像是在梦里一样。

记得是某一年秋天的一个月明之夜，在上海旧时所谓"法租界"的一幢小洋房里，有南国剧社的一群男女青年正在演出几个短小精悍的话剧：《父归》啊，《名优之死》啊，都表演得声容并茂，有光、有热、有力，真的是不同凡俗。那导演是个瘦长个子的年青人，而模样儿却很老成；头发蓬乱，不修边幅，一面招待我和那些特邀的观众，一面还在总管剧务，东奔西走，而脸上的表情，也紧张得很。一口湖南话，又快又急地从舌尖上滚出来，分明是个与《水浒》里"霹雳火秦明"同一类型的人物。这年青人就是现在中国戏剧家协会主席田汉同志，也就是这次从远方来的老朋友。

这是一九五六年九月间一个秋高气爽的日子，还只清早六点多钟，就有一位苏州市文联的同志，赶到我家里来，说昨晚上田汉同志到了苏州，现在两美巷招待所中候见。我一得了这天外飞来的喜讯，兴奋得什么似的，料知这位现代的"霹雳火秦明"是不耐久待的，于是捺下了手头正在整理的盆景，急匆匆地赶往西美巷去。

　　一位头发花白而身材微胖的中年人从沙发上站起来，和我紧紧地握住手，除了他那面目还能辨认出是田汉外，其他一切都和三十余年前大不相同了。那时他正热烈地和几位文化界同志谈着地方戏剧上的种种问题。我不愿打搅他们，恰见那位研究舞蹈的专家吴晓邦同志也在座中，就和他讨论起我国的舞蹈新事业来。

　　我们正在谈着谈着，却见田汉同志已站了起来，忙着说道："来！来！我们大家玩儿去！"只因其他同志恰好都有别的任务，就由我和交际处的李瑞亭处长作陪，同行的还有两位上海戏剧家协会的干部吴谨瑜、凤凰和田汉的秘书李同志；一行六人，分乘两辆汽车，向灵岩进发。

　　我和田、凤、李秘书合乘一车，颇不寂寞。凤凰同志原是十余年前的电影小明星，我初见她时，她还只十岁，恰像一头娇小玲珑的雏凤，而现在玉立亭亭，已是一个二十七岁的少妇了。这时我和田同志就打开了话匣子，从回忆过去，再说到现在，真是劲头十足，田同志说他是生成的"劳碌命"，经常在外边跑来跑去，最近在安徽合肥看地方戏的会演，几天里看到了庐剧和从湖北输入的黄梅戏，而安徽旧有的徽剧却没有了，这是一件莫大的憾事！这一次已和当地文化部门商讨发掘徽班老艺人复兴徽剧的办法，使它发扬光大起来。我向他传达了上月在江苏省人民代表大会上所听来的关于艺人们生活的情况。

　　我们谈谈说说不觉已到了灵岩，田同志一下了车，就一马当先，大踏步赶上山去，脚上虽穿着皮鞋，却如履平地。他比我虽然年青一些，也已五十八岁了，而"霹雳火秦明"的脾气，依然不变。他在山上到处流连，到处留影，到处都有兴趣，足足游赏了两小时，在寺门口买了一只大型的元宝式柳条篮子，亲自拎着，飞一般地奔下山去。据他说要把这篮子送给他那位在文工团里工作而正在扬州演出的爱女，作为此次游苏的纪念。

这时已是正午了，我们不但忘倦，并且忘饥，又一同游了天平。田同志对于亭榭楼阁中的楹联都很欣赏，请李秘书一一抄录下来。在白云精舍中大啜钵盂泉水，放了二十六个铜子在杯子里，水还没有溢出，足见水质的醇厚。大家跑上一线天，田同志拉了我和凤凰，合拍了一张照，就步步登高，由下白云而到达中白云；他远望"万笏朝天"光怪陆离的无数奇石，叹赏不已。因为时间的限制，就只得放弃了上白云，恋恋不舍地下山来了。

他虽将于明晨离苏赴锡，可是游兴很浓，还要一游园林；先到我家看了盆景和盆栽，又请吴同志替我们合拍了几张彩色照，已经四点钟了；就由中共市委会文教部长凡一同志夫妇俩伴同去游拙政园、寒山寺、虎丘等处，直到七点多钟方始回来，出席了凡一同志的宴会，再预备去看评弹和苏剧。田同志喜滋滋地对我说："今天时间虽匆促，但我还在寒山寺里叩了几下钟哩。"

上海大厦剪影

　　凡是到过上海的人，看过或住过几座招待宾客的高楼，对于那座十八层高的上海大厦，都有好感。去秋我曾在上海大厦先后住过十二天，天天过着丰富多彩的文化生活，在我一九五六年的生命史上，记下了极度愉快的一页。这巍巍然矗立在苏州河畔的上海大厦，简直是我心灵上的一座幸福的殿堂。

　　永恒的景仰与怀念，不是时间的浪潮所能冲淡的，何况又加上了一重永恒的知己之感。十月十四日鲁迅先生灵柩的迁葬仪式，与十九日先生逝世二十周年的纪念大会，终于把我从百忙中吸引到了上海。感谢文化局陈虞孙副局长的一片盛情，招待我在上海大厦第十二层楼上的十四号室中住下。俗有十八层地狱之说，而这里却是十八层的天堂。

　　跨上了几级石阶，走进了挺大的钢门，就是一个穿堂，右边安放着大小三张棕色皮面的大沙发，后面一块搁板上，供着一只大花篮，妥妥帖帖地插着好多株粉红色的菖兰花，姹娅欲笑，似乎在欢迎每一个来客。

　　右首是一个供应国际友人的商场，但是自己人也一样可以进去买东西，所有吃的、穿的、用的，形形色色，全是上品，如入山阴道上，目不暇接。我向四下里参观了一下，觉得不需要买什

么，就买了两块"可口糖"吃，我的心是甜甜的，吃了糖，我的嘴也是甜甜的了。

左首是一个供应西点、鲜果、烟酒、糖食和冷饮品的所在，再进一步，是一座大厅，供住客作文娱的活动，设想是十分周到的。第一层楼上，是大小三间食堂，一日三餐，按时供应，定价很为便宜，有大宴，也有小吃，任听客便。据交际处吴惠章同志对我说：这里的四川菜和维扬菜，都是上海第一流。

记得往年这里名称"百老汇大厦"时，我常和苏州老画师邹荆盫前辈到来吃西餐，一瞥眼已在十年以前了。如今邹老作古，我却旧地重游，非先试一试西餐，以资纪念不可；因此打了个电话招了大儿铮来，同上十七层楼去，只见灯火通明，瓶花妥帖，先就引起了舒服的感觉。我们点了几个菜，都是苏联式的烹调，很为可口；又喝了两杯葡萄酒；醉饱之后，才回到十二层楼房间里去。

这是一个挺大的房间，明窗净几，简直连一点尘埃都找不出来。凭窗一望，只见当头就是一片长空，有明月，有繁星，似乎举手可以触到。低头瞧时，见那一串串的灯，沿着弧形的浦滨伸展开去，直到很远很远的地方；并且也看到了浦东的万家灯火，有如星罗棋布。我没有到过天堂，而这里倒像是天堂的一角，晚风吹上身来，不由得微吟着"琼楼玉宇，高处不胜寒"了。

当晚在十一层楼上会见了神交已久的许广平先生，她比我似乎小几岁，而当年所饱受到的折磨，已迫使她的头发全都斑白了。许先生读了《又汇报》我那篇《永恒的知己之感》，谦和地说："周先生和鲁迅是在同一时代的，这文章里的话，实在说得太客气了。"我即忙回说："我一向自认为鲁迅先生的私淑弟子，觉得我这一枝拙笔，还表达不出心坎里的一片景仰之忱。"

这是第一度住在上海大厦，过了整整七天的幸福生活。第二度是十一月三日，为了被邀将盆景盆栽参加中山公园的菊展，由园林管理处招待我住在十四层楼的五号室中，真的是"前度刘郎今又来"了。这回还带了我的妻文英同来，作我布置展出的助手；并且为了今年是我们结婚十周年，也算是举行了一个西方人称为"锡婚式"纪念。

这五号室仍然面临苏州河，正中下怀，而且比上一次更高了两层，更觉得有趣；从窗口下望时，行人车辆，都好似变做了孩子们的玩具，娇小玲珑。黄浦公园万绿丛中的花坛上，齐齐整整地满种着俗称嘴唇花的一串红，好似套着一个猩红色的花环，构成了一幅美丽的图案画。大大小小的船只，像穿梭般在河面上往来，帆影波光，如在几席间，供我们尽量地欣赏。

一床分外温暖的厚被褥，铺在一张弹簧的席梦思软垫上，让我舒舒服服地高枕而卧，迷迷糊糊地溜进了睡乡，做了一夜甜甜蜜蜜的梦。老实说，我自有生以来，还是破题儿第一遭宿在这么一座高高在上的楼房里，俗说"一跤跌在青云里"，我却是"一晾睡在青云里"了。

为了要参加苏州拙政园的菊展，小住了五天，只得恋恋不舍地辞别了上海大厦，重返故乡。呀！上海大厦，我虽并不喜爱这软红十丈的上海，但我在你那里小住了十二天之后，对于你却有偏爱，因为你独占地利之胜，胜于其他一切的高楼大厦，我希望不久的将来，仍要投入你的怀抱。

夏天的瓶供

凡是爱好花木的人，总想经常有花可看，尤其是供在案头，可以朝夕坐对，而使一室之内，也增加了生气。供在案头的，当然最好是盆栽和盆景；如果条件不够，或佳品难得，那么有了瓶供，也可以过过花瘾。对于瓶供的爱好，古已有之，如宋代诗人张道洽《瓶梅》云："寒水一瓶春数枝，清香不减小溪时。横斜竹底无人见，莫与微云澹月知。"徐献可《书斋》云："十日书斋九日扃，春晴何处不闲行。瓶花落尽无人管，留得残枝叶自生。"方回《惜研中花》云："花担移来锦绣丛，小窗瓶水浸春风。朝来不忍轻磨墨，落研香粘数点红。"这与我的情况恰恰相同，紫罗兰龛南窗下的书桌上，四时不断地供着一瓶花，瓶下恰有一方端研，花瓣往往落在研上，我也往往不忍磨墨，生怕玷污了它，足见惜花人的心理，是约略相同的。

说到夏天的瓶供，我是与盆供并重的。从园子里的细种莲花开放之后，就陆续采来供在爱莲堂中央的桌子上，如洒金、层台、大绿、粉千叶等，都是难得的名种。我轮替地用一只古铜大圆瓶，一只雍正黄瓷大胆瓶和一只紫红瓷窑变的扁方瓶来插供，以花的颜色来配瓶的颜色，务求其调和悦目。单单插了莲花还不够，更要采三片小样的莲叶来搭配着，花二朵或三朵，配上了三片叶子，插得有高有低，有直有欹，必须像画家笔下画出来的一样。倘有一朵花先谢了，剩下一只小莲蓬，仍然留在瓶里，再去采一朵半开的花来补缺，这样要连续插供到细种莲花全部开完后为止。在这一个多月的时间里，我把这一大瓶高花大叶的莲花，用树根几或红木几高供中央，总算不辜负了"爱莲堂"这块老招牌；而上面挂着的，恰又是林伯希老画师所画的一幅《爱莲图》，更觉相映成趣。

除了瓶供的莲花之外，还有瓶供的菖兰。菖兰的色彩是多种多样的，有白、红、淡黄、深黄、洒金、茄紫诸色，而我园有一种深紫而有绒光的，更为富丽。我也将花与瓶的颜色互相配合，互相衬托，花以三枝、五枝或七枝为规律，再插上几片叶，高低疏密，都须插得适当，看上去自有画意。有时瓶用得腻了，便改用一只明代欧瓷的长方形小型水盘，插上三五枝小样的菖兰，衬以绿叶，配上大小拳石两块，更觉幽雅入画了。

我爱用水盘插花，觉得比用瓶来插花，更有趣味。除了菖兰，无论大丽、月季、蜀葵等，都是夏天常见的，都可用水盘来插，不过叶子也需要，再用拳石或书带草来一衬托，那是更富于诗情画意了。爱莲堂里有一只长方形的白石大水盘，下有红木几座，落地安放着，我在盘的右边竖了一块二尺高的英石奇峰，像个独秀峰模样，盘中盛满了水，散满了碧绿的小浮萍；清早到园子里，采了大石缸中刚开放的大红色睡莲二三朵，和小样的莲叶三五张，回来放在水盘里，就好像把一个小小的莲塘，搬到了屋子里来，徘徊观赏，真的是"心上莲花朵朵开"了。每天傍晚，只要把闭拢了的花朵撩起来，放在露天的浅水盆中过夜，明天

161

早上，花依然开放，依然放到水盘里，天天这样做，可以持续三四天。

明代小品文专家袁宏道中郎，对于插花很有研究，曾作《瓶史》一书，传诵至今，并曾流入日本。日本人也擅长插花，称为"花道"，得中郎《瓶史》，当作枕中秘宝，并且学习他的插花方法，自成一派，叫做"宏道流"。他们对于夏天的瓶供，如插菖兰、蝴蝶花、莲花等，都很自然；可是对于国家大典中所用以装饰的瓶供或水盘，却矫揉造作，一无足取了。谱嫂俞碧如，曾从日本花道女专家学插花，取长舍短，青出于蓝，每到我家来时，总要给我在瓶子里或水盘里一显身手，和她那位精于审美的爱人反复商讨，一丝不苟。可惜她已于去年暮春落花时节，一病不起；我如今见了她给我插过花的瓶尊水盘，如过黄公之垆，为之腹痛！

上海花店中，折枝花四季不断，倘要作瓶供，真是取之不尽，用之不竭，并且有不少插花的专家，可作顾问，家庭中明窗净几，倘有二三瓶供作点缀，也可以一餍馋眼，一洗尘襟了。

热　话

　　一九五七年七月下旬，热浪侵袭江南，赤日当空，如张火伞。有朋友从洞庭山邻近的农村中来，我问起田事如何，他说天气越热，田里越好，双季早稻快要收割了，今年还在试种，估计每亩也可收到四五百斤；农民兄弟们从来不怕热，都在热情地工作着，争取秋收时再来一个大丰收。我们住在城市里，吃饭莫忘种田人，既说是天气越热，田里越好，那么我们就熬一熬热吧。

　　大热天我家爱莲堂和紫罗兰盦中，仍然不废盆供瓶供，都是富有凉意的。一个霁红窑变的瓷瓶中，插上一朵大绿荷，配着三片小荷叶，自有亭亭玉立之致。一只不等边形的石器中，种着五枝高高低低的观音竹，真使人有"不可一日无此君"之感。一只椭圆形的紫砂浅盆中，种着三株小芭蕉，配着一块雪白的昆山石，绿叶婆娑，使人心头眼底都觉得清凉起来。此外，如菖蒲、水石之类，也是最合适的炎夏清供。

　　扇子是夏天的恩物，几乎一天也少不了它，所以俗有"六月不借扇"一句话。在多种多样的扇子中间，我尤其爱檀香扇，因为扇动时不但是清风徐来，并且芳香扑鼻；包天笑先生旧有诗云："小扇玲珑玉臂凉，聚头佳谶画鸳鸯。檀奴宛转怀衫袖，刻骨相思透骨香。"苏州的檀香扇，在手工艺品中居第一位，每年

输出几十万柄,还是供不应求,苏联和人民民主国家的士女们甚至排队购买,一到了手,就爱不忍释。我们不要轻视了这柄小小的檀香扇,它在社会主义建设中也贡献了一些力量。

在大热的几天里,一天到晚,总可听得蝉声如沸,小园里树木多,所以蝉也特别多,便织成了一片交响乐,简直闹得人心烦意乱。天气越热,蝉也越闹,清早就闹了起来,直闹到夕阳西下时,还是无休无歇。听它们的声音,似乎在唤"知了,知了",所以蝉的别名就叫知了。但不知它们成日地唤着知了知了,到底知道了什么。昨天孩子们从枫树上捉到了一个蝉,尽着玩弄,不知怎样把它的头弄掉了,可是它还在嘶叫,足见它的发声器得天独厚。国药中有一味知了壳,可治喉哑,大概也就为了它发声特响之故。

从前每逢暑天,街头巷口,常可听到小贩们一声声唤着卖冰,自远而近,又自近而远,这是生活的呼声。自从有了机制的棒冰,就取而代之,再也没有卖冰的了。北京卖冰的,用两个铜盏相戛作响,比南方卖冰的更有韵致。此风由来已久,清代乾嘉年间,即已有之,王渔洋诗中,曾有"樱桃已过茶香减,铜碗声声唤卖冰"之句。周稚圭也有一首《玲珑玉》词:"蓉阙樱残,早添得、韵事京华。玻璃沁碗,唤来紫陌双叉。妙手叮哨弄巧,胜肩头鼓打,小担声哗。停车。裁油云、隔住玉沙。　暗想槐熏倦午,正窗闲雪藕,鼎怯煎茶。碎响玲珑,问惊回好梦谁家。屏间珠喉轻和,有多少铃圆磬彻,低唱消他。晚香冷,伴清吟、深巷卖花。"一九五一年夏,我曾到过北京,早就不听得卖冰的铜盏声了。

西瓜是暑天的恩物,吊在井里浸了半天,然后剖开来吃,甘凉沁脾，实在胜似饮冰。从前苏州、扬州一带，人家往往做西瓜灯玩，把一个圆形的西瓜，切去了顶上的一小部分，将瓜瓤逐渐挖去，只剩了薄薄的一层皮，就用小刀子雕了花边，大都分成四部分，在每一部分中雕出花鸟、山水，或作梅兰竹菊，或作渔樵耕读，十分工致。在瓜的内部，安放一个油盏，晚上点了火，挂起来细细欣赏，真好玩得很。清代词人冯登府，曾作《瓜灯词》，调寄《辘轳金井》云："冰园两黑。映玲珑、逗出一痕秋影。制就团圆，满琼壶红晕。清辉四迸。正苏井、寒浆消尽。字破分明，光浮细碎，半丸凉凝。　　茅庵一星远近。趁豆棚闲挂，相对商茗。蜡泪抛残，怕华灯夜冷。西风细认。愿双照、秋期须准。梦醒青门，重挑夜话，月斜烟暝。"我以为用平湖枕头瓜作灯，更为别致，好事者何妨一试。

暑天的香花，以茉莉、素馨、夜来香、晚香玉为最，簪在衿上或插在瓶中，就可香生不断；我最爱前人咏及这些花的诗句，如："酒阑娇惰抱琵琶，茉莉新堆两鬓鸦。消受香风在凉夜，枕边俱是助情花。""已收衣汗停纨扇，小绾乌云插素馨。暗坐无灯又无月，越罗裙上一飞萤。""珠帘初卷燕归梁，浴罢华清理残妆。双鬓绿云三百朵，微风吹度夜来香。"读了之后，仿佛有阵阵花香，透纸背出。

清代有一位诗人，病暑气急，想登雪山、浴冰井而不可得，因此把一块雪白的玉华石放在左旁，名之为"雪山"，又把一只盛满清泉的白瓷缸放在右旁，名之为"冰井"。他就把一张竹榻放在中间，终日坐卧其上，顿觉暑气渐消，凉意渐来，仿佛登雪山而浴冰井了。这是一种唯心主义者的消暑法，亏他想得出来。

新西湖

  西湖之美，很难用笔墨描写，也很难用言语形容；只苏东坡诗中"若把西湖比西子，淡妆浓抹总相宜"两句，差足尽其一二。我已十年不到西湖了，前年春季，忽然渴想西湖不已，竟见之于梦。记得明代张岱，因阔别西湖二十八载而作《西湖梦寻》一书，他说："西湖无日不入吾梦中，而梦中之西湖，未尝一日别余也。"我与有同感，因作《西湖梦寻诗》三十首，其第一首云："我是西湖旧宾客，春来那不梦西湖。十年未见西湖面，还问西湖忆我无？"其他二十九首，简直把西湖所有的名胜全都梦游到了。

  西湖之美，虽说很难用笔墨描写，但是也有描写得很好的，如宋代于国宝《风入松》词和明代袁中郎《昭庆寺小记》，三十年前我就给这一词一文吸引到西湖去的。于词云："一春常费买花钱。日日醉湖边。玉骢惯识西湖路，骄嘶过、估酒楼前。红杏香中箫鼓，绿杨影里秋千。　　暖风十里丽人天。花压鬓云偏。画船载得春归去，余情付、湖水湖烟。明日重扶残醉，来寻陌上花钿。"袁记中有云："山色如蛾，花光似颊，温风如酒，波纹若绫，才一举头，已不觉目酣神醉，此时欲下一语不得，大约如东阿王梦中初遇洛神时也。"这一词一文，一写动而一写静，各极其美，端的是不负西湖。

四月一日，因送章太炎先生的灵柩安葬于西湖南屏山下，总算和阔别了十年的西湖重又见面了。当我信步走到湖边的时候，止不住哼着我所喜爱的一首赵秋舲的《西湖曲》："长桥长，断桥断。妾意深，郎情短。西湖湖水十分清，流出桃花波太软。"（调寄《花非花》）我一边哼，一边让两眼先来环游一下，觉得现在的西湖，已是一个新西湖了。环湖所有亭台楼阁，都是红红绿绿的焕然一新，虽觉这种鲜艳的色彩有些儿刺眼，然而非此似乎也不足以见其新啊。

我们一行六人，雇了一艘游艇泛湖去，预定作三小时之游；虽不住的下着雨，却并不减低了我们的游兴，反以一游雨湖为乐，昔人不是说晴湖不如雨湖吗？

先到三潭印月，这里因为亭榭和建筑物较多，所以红绿照眼，更觉得触处皆新，惟有那三潭却还保持它们的旧貌；因此记起我的那首梦寻诗来："我是西湖旧宾客，每逢月夜梦三潭。记曾看月垂杨下，月色溶溶碧水涵。"料想月夜的三潭，一定是名副其实的。

不久，我们又冒雨上了游艇，向西泠印社划去。四下里烟雨迷蒙，南高峰北高峰以及宝俶塔等全都失了踪，湖面上倒像只有我们的一叶扁舟了。西泠印社大部分保持它旧有的风格，布置不俗；小龙泓一带可以望到阮公墩，是最可流连的所在。我最欣赏那边几株悬崖形的老梅树，铁干虬枝，苍古可喜，如果缩小了种在盆子里，加以剪裁，可作案头清供。可惜来迟了些，梅花都已谢了，只有一二株送春梅，还是红若胭脂，似与桃花争艳。山

下有堂，陈列着十圆、集圆等几盆名兰，而以素心荷瓣的雪香素为最；春兰的花时已过，这几盆大概是硕果仅存的了。堂左有一片空地，搭架张白布幔，陈列春兰、蕙兰、建兰等千余盆，真是洋洋大观，见所未见。料知早一些来赶上春兰的全盛时期，定然幽香四溢，令人如入众香国哩。听说管领这许多兰花的，名诸友仁，是一位艺兰专家，已有数十年的经验。

西湖胜处太多了，来不及一一遍游，我们却看上了虎跑，第二天早上便冒雨向虎跑进发。一行七人，除了我夫妇二人外，有汪旭初、谢孝思、范烟桥诸君，一路上谈笑风生，逸情云上。虎跑的泉水清冽可爱，记得往年在这里品茗，曾用七八个铜子放在杯子里，水虽高出杯口，却并不外溢，足见水质之厚了。我们在泉畔喝龙井茶，津津有味，一连喝了好几杯，竟如牛饮。因为连日下雨，涧泉水涨，从乱石间倾泻而下，玲琮可听。下山时我就胡诌了一首打油诗："听水听风不费钱，杏花春雨自绵绵。狮峰龙井闲闲啜，一肚皮装虎跑泉。"

第二个胜处，我们就看上了苏堤，这一条苏堤起南迄北，横截湖中，为苏东坡守杭时所筑。中有六桥，一曰映波，二曰锁澜，三曰望山，四曰压堤，五曰东浦，六曰跨虹。全堤长约八里，夹堤都种桃柳，苏堤春晓时，的是一片好景。

我们先从映波桥畔的花港观鱼游起。这儿现在已辟作杭州市公园，拓地二三百亩，布置得楚楚可观，一带用刺杉木作成的走廊和两座伸出湖滩的竹亭，朴雅可喜。有三株垂丝海棠，开得十分娇艳，此时此际，不须"高烧银烛照红妆"了。一个方形的池子里，红鱼无数，唼喋有声。我虽非鱼，也知鱼乐，在池边小立观赏，恰符花港观鱼之实。

踏上映波桥，见桥身已新修，栏作浅碧色，似是水泥所制，柱头狮子雕刻很精，疑是旧制。后问邵裴子先生，才知六桥全是用安徽的茶园石建成，而雕刻也全是新的，这成绩实在太好了。我们边走边赏两面的湖光山色，并欣赏那夹堤拂水的一株株垂柳。可是雨丝风片，老是无休无歇，我就借范烟桥来做了一首打油诗："招邀俊侣踏苏堤，杨柳条条万绿齐。只恨朝来风雨恶，范烟桥上瘦鹃啼。"烟桥他们听了，都不由得笑起来。我更打趣道："今天除了堤上原有的六条桥外，又从苏州搬到一条桥了。"

走过了第三条望山桥，便见湖面一座红色的小亭子里，立着一块"苏堤春晓"的碑，微闻杨柳丛中鸟声喝啾，活活的是春晓情景。远望刘庄，一带白墙黑瓦，还保持它旧有的风格，与湖山的景色很为调和。从第一桥到第五桥这一段，实在是苏堤最美的所在，碧水青山绿杨柳，一一奔凑眼底，美不可言。我还是破题儿第一遭走完这条苏堤，真觉得是一种莫大的享受，虽走了八里多路，也乐而忘倦了。

"峰从何处飞来？""泉自几时冷起？"这是前人对于飞来峰和冷泉的问句。当即有人答道："峰从飞处飞来，泉自冷时冷起。"答如不答，很为玄妙，给我三十年来牢牢地记在心头，不能忘怀；而对于这灵隐的两个名胜，也就起了特殊的好感。于是我们在楼外楼醉饱之后，就向灵隐进发，大家虎虎有生气。

一下汽车，立刻赶到飞来峰一线天那里，峰石上绣满苔藓，经了雨，青翠欲滴。进洞后，仰望一线天，只如鹅眼钱那么大，

微微地透着光亮，若隐若现。出了洞，沿着石壁转进，又进了几个洞，彼此通连，好像在一座大厦里，由前厅进后厅，由右厢进左厢一般。往年我似乎没有到过这里，据说一部分还是近二年挖去了淤塞的泥土而沟通的。这一带奇峰怪石，目不暇接；我和孝思俩边走边欣赏边赞叹，不肯放过一峰一石，觉得湖石所堆迭的假山，真是卑卑不足道了。

对于飞来峰的评价，以明代张宗子和袁中郎两篇小记中所说的最为精当。张记有云："飞来峰棱层剔透，嵌空玲珑，是米颠袖中一块奇石，使有石癖者见之，必具袍笏下拜，不敢以称谓简亵，只以石丈呼之地。"袁记有云："湖上诸峰，当以飞来峰为第一。峰石逾数十丈，而苍翠玉立，渴虎奔猊，不足为其怒也。神呼鬼立，不足为其怪也。秋水暮烟，不足为其色也。颠书吴画，不足为其变幻诘曲也。"二人对于飞来峰的倾倒，真的是情见乎词。袁又有戏题飞来峰诗二首云："试问飞来峰，未飞在何处。人世多少尘，何事飞不去。高古而鲜妍，杨班不能赋。""白玉簪其颠，青莲借其色，惟有虚空心，一片描不得，平生梅道人，丹青如不识。"高古而鲜妍，自是飞来峰的评价，无怪杨班不能赋，梅道人描不得了。峰峦尽处，有一大片竹林，在雨中更见青翠，真有万竿烟雨之妙。我们走到中间，流连了好一会，竹翠四匝，衣袂也似乎染绿了。

走过红红绿绿的春淙亭，视若无睹，直向冷泉亭赶去；那泉水轰轰之声，早在欢迎我们了。我在泉边大石上坐了下来，看那一匹白练，从无数乱石之间夺路下泻，沸喊作声，古人曾说："此水声带金石，已先作歌舞声矣"，比喻更为隽妙。唐代白乐天对冷泉也有很高的评价,他说:"山树为盖,岩谷为屏。云从栋出,水与阶平。坐而玩之,可濯足于床下;卧而狎之,可垂钓于枕上。潺湲洁澈,甘粹柔滑,眼目之嚣,心舌之垢,不待盥涤,见辄除去。"我在这里坐了半小时,真觉得俗尘万斛,全都涤尽了,因口占一绝句:"桃李恹恹春寂寂,风风雨雨做清明。何如笠屐来灵隐,领略幽泉泻玉声。"

绿杨城郭新扬州

扬州的园林与我们苏州的园林,似乎宜兄宜弟,有同气连枝之雅;在风格上,在布局上,可说是各擅胜场,各有千秋的。个园是扬州一座历史悠久的旧园子,闻名已久;我平日爱好园林,因此一到扬州,即忙请文化处长张青萍同志带同前去观光。园址是在城内东关街,通过一条小巷,进了侧门,就看到一带重重叠叠的假山,沿着一片水塘矗立在那里。张同志对于这些假山有一种特别的看法,给它们分作春、夏、秋、冬四个部分。他指着前面入口处的两旁竹林和一根根的石笋,说这是春的部分,而把竹林的"竹"字劈分为二,成为"个个",个园的名称,大概就是由此而来的。他又指着左面的一带太湖石假山,说这些山石带着热味,就作为夏的部分。而连接在一起的黄石假山,石色很像秋季的黄叶,可以作为秋的部分,瞧上去不是分明带着肃杀之气吗?最后他带着我到右面尽头处去,指着一大堆宣石的假山,皑皑一白,活像是雪满山中的模样。我识趣地含笑说道:"这不用说,当然是冬的部分了。"张同志点头称是,又指着壁上两个圆形的漏窗,正透露着春的部分的几株竹子,他得意地说:"您瞧您瞧!春天快到,这里不是已漏泄了春光吗?"我笑道:"您这一番唯心论,发人所未发,倒也挺有意思。"

张同志伴同我在那些假山中间穿行了一周,他要我提些意见。我觉得有好多处曾经新修,不能尽如人意,不是对称而显得呆板,就是多余而有画蛇添足之嫌;倒是随意放在水边的那些石块,却很自然而饶有画意。那一带黄石假山,是北派的堆法,不易着手,这里有层次,有曲折,自有它的特点;可惜正面的许多石块,未免小了一些,而接笋处的水泥过于突出,很为触目,使人有百衲衣的琐碎的感觉。最使我看得满意的,却是那一大堆宣石的假山,堆得十分浑成,真如天衣无缝,不见了针线迹;并且石色一白如雪,像昆山石一般可爱。总之,现在我们国内堆叠假山的好手几等于零,非赶快培养新生力量不可;设计构图,必须请善画山水的画师来干。假山最好的范本,要算是苏州环秀山庄的那一座,出清代嘉道年间名家戈裕良手,好在是他懂得"假山真做"的诀窍,拙朴浑厚,简直是做得像真山一样。

为了要瞻仰市容,出了个园,就一路溜达着。全市已有了两条柏油大路,十分平坦,拆城以后,就在城墙的基地上造了路,以利交通。在历年绿化运动中,又平添了不少大大小小的街头花园,利用了街头巷角的空地,栽种各种花木,有的还用湖石点缀,据说全是居民群众搞起来的。萃园招待所的附近,有较大的一片园地,标明五一花圃,布置得很为整齐,常有学生在上课下课的前后,到这里来灌溉打扫,原来这是学生们自己所搞的园地,经常可作劳动锻炼的场合。扬州旧有"绿杨城郭"之称,就足以说明它本来是个绿化的城市,现在全市有了这许多街头花园,更觉绿化得分外的美丽了。

瘦西湖是扬州的名胜,也是扬州的骄傲,大概是为的比杭州的西湖小了一些，因称瘦西湖。

扬州的芍药久已名闻天下，古人诗词中咏芍药必及扬州，如宋代王十朋句"千叶扬州种，春深霸众芳"，元代杨允孚句"扬州帘卷春风里，曾惜名花第一娇"等，足见扬州芍药的出类拔萃，不同凡卉了。在这瘦西湖公园里，有一个小小的芍药花坛，种着一二十丛芍药，这时尚未凋谢，以紫红带黑的一种为最美。据说扬州芍药，旧有三十多种，现存十多种，最名贵的"金带围"尚在人间，目前全扬州花农们所培养的共有一千多丛，已由园林管理处全部收买下来，蔚为大观。

走过一顶小桥，又是一片名为凫庄的园地，占地不大，而布置楚楚可观，周游了一下，就通过一条小径，踏上五亭桥去。这一座集体式的桥，可说是我国桥梁中的杰作；近年来曾经加以修饰，好像五姊妹并肩玉立，都换上了新装，虽富丽而并不庸俗。莲性寺的白塔近在咫尺，倒像是一尊弥勒佛蹲在那里，对人作憨笑，跟五亭桥相映成趣。附近还有一座钓鱼台，矗立在水中，也给增加了美观。这一带是瘦西湖的精华所在，我们在桥上左顾右盼，流连不忍去。

在莲性寺吃了一顿丰富的素斋，休息了一会，就坐了游船，向平山堂进发，在碧琉璃似的湖面上划去，听风听水，其乐陶陶。到了平山堂前，舍舟上岸，进了大门，见两面入口处的顶上，各有横额，一面是"文章奥区"，一面是"仙人旧馆"，原来这里是宋代大文学家欧阳修的读书处。那所挺大的堂屋中，也有一个"坐花载月"的横额，两旁有几副楹联，都斐然可诵，其一云："衔远山，吞长江，其西南诸峰，林壑尤美；送夕阳，迎素月,当春夏之交,草木际天。"其二云:"云中辨江树,花里弄春禽。"其三云:"晓起凭阑,六代青山都到眼;晚来对酒,二分明月正当头。"这三副联各有韵味,耐人咀嚼。壁间有好几块书条石,都刻着前人的诗词,其一是刻的苏东坡吊欧阳修词:"三过平山堂下,半生弹指声中。十年不见老仙翁,壁上龙蛇飞动。 欲吊文章太守,仍歌杨柳春风。休言万事转头空,未转头时皆梦。"末二句,显示出他当时的人生观是消极的。后面另有一堂,名谷林堂,我独爱门口的一联:"天地长春,芍药有情留过客;江山如旧,荷花无恙认吾家。"原来作者姓周,下联恰合我的口味,不由得想起爱莲的老祖宗濂溪先生来了。

庭中有一座石涛和尚塔,顿时引起了我的注意,凑近去看时,见正面的石条上,刻着几行字:"石涛和尚画,为清初大家,墓在平山堂后,今已无考,爰立此塔,以资景仰。"石涛那种大气磅礴的画笔,是在我国艺术史中永垂不朽的,可惜他的长眠之地已不知所在,不然,我也要前去献上一枝花,凭吊一下。

出了平山堂,舍舟而车,赶往梅花岭史公祠去。我在中学里念书的时候,明代民族英雄史可法的忠肝义胆,给我的影响很大,念念不忘。这时进了祠堂,瞻仰了他的遗像,肃然起敬。三十年前我第一次来扬时所看到的两副楹联:"生有自来文信国,死而后已武乡侯。""数点梅花亡国泪,二分明月故臣心。"还有那"气壮山河"的四字横额,都仍好好地挂在那里,这是我一向背诵得出的。此外,还有两副银杏木的楹联:"自学古贤修静节,唯应野鹤识高情。""斗酒纵观廿一史,炉香静对十三经。"笔力遒劲,都是史公的真迹,而也可以看到他的胸襟。他那封大义凛然的家书的石刻，也依然嵌在壁间，完好如旧。

　　第三天的下午，到城南运河旁的宝塔湾去参观。那边有一座整修好了的文峰塔，也是扬州古迹之一。塔共七级八面，平面作八角形，用砖石混合建筑而成。它最初起建在明代万历十年，即公元一五八二年，同时又在塔旁建寺，就叫做文峰寺。清代康熙年间，因地震震落了塔尖，次年由一个姓闵的捐款修葺，安上一个新的，并增高了一丈五尺，修了半年才完工。到得咸丰年间，寺毁，塔也只剩了砖心，后由当地各丛林僧人集合大江南北住持募捐修复。近几年间塔身有了裂缝，岌岌欲危，市人委为了保存古文物起见，才把它彻底修好了。当下我们直上塔顶，一开眼界，而这一座美好的绿杨城郭新扬州，也尽收眼底了。

南湖的颂歌

为了南湖是革命的圣地，是党的摇篮，我就怀着满腔崇敬和兴奋的心情，从苏州欢天喜地地到了嘉兴。下了车，放眼一望，便可望见一大片绿油油明晃晃的湖光，正在含笑相迎。老实说，在过去，我来游南湖，已不知有多少次了；这时如见故人，分外亲切。可是由于我的无知，听到它那段光辉的史迹，还是最近的事。南湖南湖，我要向您赔个罪，道个歉，我……我实在是失敬了。

南湖在嘉兴市南三里许，面积八百余亩，一名鸳鸯湖，据《名胜志》载：湖中多鸳鸯，或云东南两湖相接如鸳鸯然，故名。据我看来，后一说比较近似；至于说湖中多鸳鸯，近年来却没有见过，也许是偶或有之吧？前人曾有诗云："东西两湖水，相并若鸳鸯。湖里鸳鸯鸟，双双锦翼长。"《名胜志》说是东南两湖，而诗中却说是东西两湖，不知孰是？古人所作南湖的诗歌，以清代朱竹垞的《鸳湖棹歌》一百首最为著名。后来又有一班诗人受了它的影响，也纷纷地作起棹歌来，例如："浮家惯住水云乡，不识离愁梦亦香。依荡轻舟郎撒网，朝朝暮暮看鸳鸯。""鸳鸯湖水浅且清，鸳鸯湖上鸳鸯生。双桨送郎过湖去，愿郎莫忘此湖名。"都不是一时一人所作，而是借鸳鸯湖这个名

称来各自抒情歌唱的。鸳鸯湖的名望太大了，甚至把"鸳湖"来作为嘉兴的代名词。

烟雨楼兀立湖心，是南湖唯一胜景，据说是吴越钱元璙所建，原来的位置是靠近湖岸的，直至明代嘉靖年间，为了开浚城河，把河泥填在湖心，构成了一个小岛屿，于是烟雨楼来了个"乔迁之喜"，移到了小岛上来，而环境更显得美了。从明清两代到现在，不知经过多少次的修葺，今天才成为劳动人民游息的好去处。登楼一望，确如昔人所谓"诚有晨烟暮雨，杳霭空蒙之致"，即使是日丽风和的晴天来游，也觉得烟雨满楼，别饶幽趣。为了位在湖心，整个南湖展开在它的四面楼窗之下，你只要移动两眼，一面又一面地向窗外望去，不但全湖如画，尽收眼底，连你自己也做了画中人哩。

楼的近旁有鉴亭、来许亭、望梅亭、菱香水榭等几座亭榭，好像众星拱月一样，簇拥着烟雨楼。楼的前檐有山阴魏緘手书的"烟雨楼"三字横额，铁画银钩，颇见工力。听说魏是清末时人，能驰马击剑，挽五石弓，却又精书法、能文章，是一位奇士。鉴亭壁间，有嘉兴八景图石刻，出包山秦敏树手，画笔还不差。所谓八景，是"南湖烟雨""东塔朝暾""茶禅夕照""杉闸风帆""汉塘春桑""禾墩秋稼""韭溪明月""瓶山积雪"。这个八景，实在是勉强凑成的，有的不能称之为景，例如，瓶山是旧县城里一个低小的土墩，据说韩世忠当年曾在这里犒军，兵士们喝完了酒，把酒瓶抛在一起，堆积成山，因名瓶山。在这八景之中，自以"南湖烟雨"最为突出，清代诗人许瑶光曾有诗云："湖烟湖雨荡湖波，湖上清风送棹歌。歌罢楼台凝暮霭，芰荷深处水禽多。"以好诗咏好景，使人玩味不尽。楼上下有楹联很多，可以称为代表作的，有天台山农所写的一联："如坐天上，有客皆仙，烟雨比南朝，多少楼台归画里；宛在水中，方舟最乐，湖波胜西子，无边风月落尊前。"又陶在东联云："问当年几阅沧桑，鸳鸯一梦；看今日重开图画，烟雨万家。"此外有一长联说到"春桑""秋稼"，这倒和我们广大群众年来特别关心农事的意义，是互相符合的。

近三年来，南湖换上了明靓的新装，烟雨楼面目一新，连烟雨迷蒙，也好像变做了风日晴美，原来这里已有了新的布置，使人引起了新的观感。不但陈列着太平天国时代的文物，还有一个革命历史资料陈列室，展出在党成立以前关于社会基础、思想基础、组织基础三个方面的历史文物，党的第一次、第二次全国代表大会的照片、图表等各种宝贵的文物；在这里可以看到毛主席"星星之火，可以燎原"的亲笔题词，可以看到当年出席"一大"的代表们的照片，看了肃然起敬，自有高山仰止、景行行止之感。不单是这些，还有一件特大的革命文物引人注目使人追想的，是四十年前举行党第一次全国代表大会的那只丝网船的仿制品，长达十四米，宽约三米，船身髹着朱光漆，光亮悦目。只见明窗净几，雕梁画屏，以至舱房床榻，一应俱全。瞧着那十二位代表的席位，更使人想到当年毛主席他们在这里艰苦奋斗，创造了惊天动地的大事业。啊，这一艘丝网船是多么伟大的船，而毛主席又是多么伟大的舵手！

到了南湖，瞧了那一大片一大片的菱塘，就会使你连带地想起南湖菱来。这种菱绿皮白肉，形如馄饨，上口鲜嫩多汁，十分甘美，而又妙在圆角无刺，不会扎手。每逢中秋节边，人民公社的女社员们，结队入湖采菱，欢笑歌呼，构成一个绝美的画面。清代名画师费晓楼曾给南湖采菱女写照，并题以诗云："十五吴娃打桨迟，微波渺渺拟通词。郎心其奈湖心似，烟雨迷离无定时。""南湖湖畔多柳荫，南湖湖水清且深，怪底分明照妾貌，模糊偏不照郎心。"这种软绵绵的情词，并无内容，不过是掉弄笔头罢了。

浔阳江畔

一九六二年一月十七日　晴

下午三时，在南京江边登江安轮，四时启碇向九江进发，一路看到远处高高低低的山，时断时续。到了五时左右，暮霭已渐渐地四布开来。吃过了晚饭，到甲板上去看落日，但见西方水天相接的所在，有一抹红光特别的鲜妍，在它的上面，有一大片晚霞，作浅红色，可是不见落日，以为早已悄悄地落下去了。谁知到五时半光景，却见那一抹红光，色彩更浓，简直是如火如荼。一会儿浓缩成一个半圆形，接着渐渐扩大，竟变做了整圆形。中间偏右，有一二抹黑影，倒像是沾上了一些儿墨迹似的。这一轮落日，逐渐下沉，而余晖倒影入水，随着波光微微漾动，光景美绝。有时有一二只帆船驶过，就把这倒影立时搅碎了。大约持续了十分钟，这落日余晖才淡化下去，终于形消影灭，而夜幕就罩住在整个江面上了。由于风平浪静之故，船行极稳，倒像是粘着在水上，并不在那里行驶似的。可惜这不是春天，不然，我可要哼起那"春水船如天上坐"的诗句来了。

这次南行，有南京博物院曾昭燏院长、研究员尹焕章同志同

行，说古论今，旅次差不寂寞。六时许过马鞍山，早就进了安徽境，听说马鞍山的对面是乌江镇，那边有一条乌江，就是当年楚霸王项羽兵败自刎的所在，喑呜叱咤的一世之雄而今安在哉！

一月十八日　晴

　　昨晚七时半就就寝，这是好多年来从没有过的新纪录。大约过了两小时醒回来，听得上一层和左右都有脚步声，服务员在招呼有些旅客们起身，说是芜湖到了。等到汽笛再鸣，轮机重又开动的时候，我又迷迷糊糊地入睡了。直到清早听得广播机报道铜官山快到时，这才离开了黑甜乡。这一夜足足睡了十二小时，也是好多年来从没有过的新纪录。起身盥洗之后，疾忙赶到甲板上去看日出。可是这时已六点钟了，还是没有动静，但见天啊水啊，都被轻纱蒙着，显出鱼肚白的一大片。只有东方一个所在，却有一抹淡淡的红晕，似是姑娘们薄施胭脂一样。一会儿这红晕渐渐地浓起来了，蓦然之间，却有一颗鲜艳的红星，从中间涌现了出来，红得耀眼，一会儿却又不见了，似是被谁摘去了似的。但是隔不多久，就在这所在跳出了一个猩红的大圆球，影儿倒在水面上，连水也被染红了。这红球越放越大，光也越亮越强，而沉睡了一夜的大地，也就完全苏醒了。我贪婪地看着看着，看这一片江上日出的奇景，似乎沉浸在诗境里，耳边仿佛听到一片"东方红，太阳升，中国出了个毛泽东……"的豪放的歌声，我的心顿时鼓舞起来，也情不自禁地歌唱了。

　　早餐后闲着没事，在休息厅里捡到一本去年十一月份的《解放军文艺》，先读散文，得《塞上行》《草地篇》《柳》《访秋瑾故居》诸作，全写得美而有力。继读小说《强盗的女儿》，也是有声有色的好作品。我不知道这几位作家是不是解放军中的战士，如果是的话，那真是能武能文的文武全才，使人甘拜下风了。

中午到达安庆，停泊约半小时，就和曾、尹两同志登岸一瞻市容，江边有几座美奂美轮的大厦，是旅社，是百货公司，是食品商店，都是崭新的建筑物，大概也是大跃进的产物吧？我们随又找到旧时代的街道上去溜达一下，觉得新旧的对比十分强烈，毕竟是新胜于旧，旧不如新。

过了安庆，我只是沉湎于那本《解放军文艺》里，爱不忍释，直到五时左右，才读完了最后的一篇，两眼已酸涩了，于是到甲板上眺望江景，只见左边有二十多座高高低低的山，一座连着一座，而前后左右，层次分明，倒像是画家画出来的一幅青绿山水长卷。过了这些连绵不断的山，却见有一座山孤单单地站在一边，姿态十分秀美，仿佛有一美人，遗世独立的模样，一望而知这是颇颇有名的小孤山了。山顶有庙宇，似很雄伟，山腰有白粉墙的屋宇多幢，掩映于绿树丛中，真像仙山楼阁一样。这时被夕阳渲染着，瞧去分外瑰丽，如果有丹青妙笔给它写照，可又是一幅绝妙好画了。十时三十分到达九江，就结束了这历时三十二小时的江上旅行。夜宿南湖宾馆，睡得又甜又香。

一月十九日　晴

南湖宾馆占地极广，建于一九五九年，面对南湖一角，环境很为清幽。早起凭窗远眺，见庐山沐在初阳之下，似乎好梦初

回，正在晓妆。九时半由交际处万秘书陪同往访古刹能仁寺。寺初建于公元五〇〇年前后，现有建筑是公元一八六九年即清代同治七年前后所建。梁初原名承天院，唐代增建大雄宝殿和大胜宝塔。当时占地二十余亩，原是一个大丛林，因迭经兵燹，并被美法教会侵占，以致寺址日削。寺内有八景，除了那七层的大胜宝塔外，有双阳桥、诲汝泉、雨穿石、冰山、雪洞、石船、铁佛等。双阳桥下的池子，原与甘棠湖相通，水很清澈，每当傍晚夕阳将下时，从池东看水面，可见双日倒影，因名双阳。

出了能仁寺，又往西园路去看古迹浪井，居民都在这里汲水应用。据说这井是汉高祖六年灌婴筑城时所凿，因历年太久，早就湮塞。三国时孙权在这里立了标，命人发掘，恰恰正在原处，于是重又出水了。唐代李白曾有"浪动灌婴井，浔阳江上风"，宋代苏轼曾有"胡为井中泉，浪涌时惊发"等诗句，可以作为旁证。清代宣统年间，才在井旁立碑，题上"浪井"二字，只因长江近在咫尺，听说江上浪大时，井中也会起浪，称为"浪井"，更觉名实相副了。

下午二时十五分，我们搭火车转往南昌，六时半到达，省交际处以汽车来接，过八一大桥，据说全长一千一百米，跨在赣江上，是我国数一数二的长桥。夜宿江西宾馆。此馆才于去年建成，设计极为新颖，高达九层，耸峙于八一大道上，邻近八一广场，气势极为雄伟。内有房间百余，布置精美；三层楼上有一餐厅，作浑圆形，以白色大理石作柱，浅赭色大理石铺地，所有墙壁窗户以及一切设备，色调多很和谐；在此进餐，身心感到舒服，真可以努力加餐。

一月二十日　晴

上午九时半，由文化局戴局长伴同我们访问文管会并参观博物馆，凡飞禽、走兽、水族、蔬果农作物以至历史文物、革命文物，陈列得井井有条，并有不少塑像图画以及描写农民起义等历史彩画，可说应有尽有。尤其是革命文物，丰富多彩，蔚为大观，参观之后，仿佛上了一堂革命历史的大课，不但眼界顿时扩大，心胸也跟着扩大起来。

下午二时半，驱车往郊外参观明末大画家八大山人纪念馆，这里本是清云谱道院，据清代夏敬庄所作记有云："清云谱道院距豫章城一十五里，旧名太乙观，从城南门出，崇冈毗连，络绎奔赴，迤逦前进，豁然平野，芳草绿缛，溪流澄澈，青牛掩映于松下，幽禽唱和于林中，徐而接之，有琳宫贝阙，巍峨矗起于烟霞之表者，即青云谱也。（中略）有明之末，有宁藩宗室遗裔八大山人者，遭世变革，社稷丘墟，义不肯降，始托僧服佯狂玩世，继乃委黄冠以自晦，是为朱良月道人。道人故善黄老学，既易装，益兢兢内敛，复邀旧友四人同修真于院内，而以青云圃名其居，取青云左券之意也。道人居此既久，于道有得，颇著书，复工丹青，书法亦超妙，今二门额题'众妙之门'四字，即遗墨也。"（下略）

读了这一节文字，可以明了八大山人和青云谱的关系。在八大山人时代青云谱本称青云圃，清代嘉庆年间礼部尚书戴钧元重修时，不知怎的改"圃"为"谱"，沿用至今。院内外有香樟、罗汉松等树，都是数百年物，郁郁葱葱，四时常青；尤其是中庭

一枝古桂，据说是唐代遗物，枯干虬枝，分外苍老，枯干的中心又挺生出五小干来；合而为一，被树皮密密包裹，而在根部还是可以看出内在的五干的。瞧它蓊郁冲霄，欹斜作势，开花时节，一院皆香。壁间有清代南丰张际春集句联云："闻木犀香否，从赤松子游。"就是为这古桂和那罗汉松而作。

纪念馆尚未布置就绪，当由老道出示八大山人书画十余轴，多系真迹，题款"八大山人"四字，似哭似笑，表示哭笑不得，所画鸟兽，往往白眼看天；而就中有一字轴题款"牛石慧"，隐藏着草书"生不拜君"四字，表示他决不向清帝屈膝的一副硬骨头。我们又看到他中年和老年的两幅画像；中年的那幅，头戴竹笠，面容清癯，上端自题"个山小像"并题句云："甲寅蒲节后二日，遇老友黄安平，为余写此，时年四十有九。"又云："生在曹洞临济有，穿过临济曹洞有，曹洞临济两俱非，赢赢然若丧家之狗。还识得此人么？罗汉道底。个山自题。"老年画像是黄壁的手笔，山人作打坐状，两眼向上，也分明是白眼看天的模样；至于那时的年龄，画上并没写明，就不可考了。后院有八大山人当年的住所，书斋前所挂"黍居"二字，是他的好友黎元屏所书。据说山人于清顺治八年（公元一六六一年）到这里来，初建青云圃，他从三十七岁到六十三岁这二十六年间，有大半的时间都隐居在这里，过着"吾侣吾徒，耕田凿井"的田园生活，并从事于艺术创作，书啊画啊，都是戛戛独造而寄托着故国之思的。三百年来，青云圃屡经兴废，饱阅沧桑，但把山人自编青云圃中的木刻图绘和现有建筑对照一下，那么可以看出外形结构，大致是相同的。"黍居"中有五言联："开径望三益，卓荦观群书"一联，是山人手笔；又"黍居"外壁上有石刻山人七言联云："谈吐趣中皆合道，文辞妙处不离禅"，足见他对于道教和佛教都很信仰，而推测其原因，还是为了痛心于国亡家破，有托而逃的。

离开了青云谱，我们怀着十分崇敬的心情，参观了八一纪念馆，它的前身是江西大旅社，一九二七年八月一日南昌起义，就是由朱德、周恩来、刘伯承、贺龙、叶挺诸同志在这里运筹策划，发号施令的。终于以一万多人而歼灭了国民党反动军队三万余人，获得了辉煌的胜利。我们从底层一室又一室瞻仰到三楼，看到了不少的图文实物，又瞻仰了周恩来、叶挺诸同志的卧室和办公室，念兹在兹，心向往之，想起了三十五年前为了救国救民而艰苦奋斗的过程，不由肃然起敬，而联想到今天新中国的发扬光大，成绩斐然，真不是轻易得来的。在最后一室中，听讲解员同志指着井冈山的模型而讲到毛泽东同志和朱德同志的会师，娓娓道来，十分生动，眼前仿佛看到那种气吞山河的豪迈场面，真有开拓万古心胸之感，恨不得插翅飞到井冈山去，看一看黄洋界，而把毛主席那首《西江月》词放声朗诵一下，让山灵瞧瞧我们是怎样的兴高采烈哩。

晚七时到省采茶剧院去看采茶剧团的《女驸马》，这是从黄梅戏改编过来的。主演女驸马的青年演员陈明秀，声容并茂，获得很大的成功。听说采茶剧是近年来发掘出来的赣南传统剧种，因为唱腔近似采茶歌调，所以名为采茶剧，曾往首都演出，载誉而归。

一月二十一日　晴

　　上午十时往洪都机械厂幼子连的家里，跟连儿夫妇阔别年余，常在惦念，今天才得一叙天伦之乐。次孙江江，生才十三个月，似乎已很解事，一见了我，就非常亲热，老是对着我笑，抱在手上，真如依人小鸟一样；他不但已在学舌唤爸唤妈，并且已能扶床学步了。中午就餐，难为他们俩给我做了九个菜，鱼肉虾蛋，汤炒冷盆，一应俱全，酒醉饭饱，尽欢而返。这一对小夫妇，是我家下一代十个子女六个婿媳中仅有的两个共产党员，生活在春风化雨似的党的教养之下，安心工作，并且进步得很快。我常常以此自慰自勉，要鼓足老劲，力争上游，因为我是一个光荣人家的光荣爸爸啊！

　　归途经过一个规模很大的百货商场，进去参观一下，遍历三楼，见百货充牣，顾客云集，一片繁荣景象。随又小游中山路，欣赏了花鸟商店中的几只绿毛娇凤，和几个松、柏、鸟不宿盆景，总算是尝鼎一脔，亦足快意了。

一月二十二日　晴

　　今天是我预定参观园林绿化的日子，上午九时，园林管理处余处长和技术员李同志来访，出示人民公园、八一公园和沄上烈士陵园的设计图纸，说明这三个园子正在进行建设，要逐步充实提高。我仔细一一地看过了三张图纸，先就心中有数，于是一同出发到现场去参观。先到人民公园，面积广达五六百亩，还没有普遍绿化，道路也还没有建成。他们有一个开挖池塘堆造假山的计划，但还没有施工。我建议先把绿化工作做好，多种花树果树，并分类成片，一年四季都要有花可赏，而池塘也须分作鱼池和莲塘两种，养鱼可供食用，当然重要，而莲塘既可观赏，也有经济价值，所以不养鱼的池塘，就非大种莲花不可。至于堆造假山，当然不可能采用苏州的太湖石，何妨就地取材，挑选南昌一带纹理较好的山石，用土包石的手法，适当地点缀一下。除此以外，我又建议划出地面百亩，开辟一个药圃，凡是庐山和江西其他地区的药用植物，都可引种过来，分门别类地广为培植，不但可以治病救人，而开花时有色有香，也是大可观赏的。

八一公园位在市中心，占地不到百亩，特点是有一片挺大的池塘。池水澄清可喜，备有划子十余，可以供人嬉水。有桥长达九米，与一小岛相通，可惜桥面桥栏，全用木制，如果改用石造，那就经久耐用，可以一劳永逸了。至于那个小岛，更要作为全园重点之一，好好地布置起来。地点恰好邻近百花洲，正可在岛上多种观赏花木，那么百花齐放，四季皆春。堤岸上有垂柳碧桃，互相掩映，而池边浅水滩上，也可成行成片地种植芦苇、蓼花和芙蓉花，年年九秋时节，就可看到芦花如雪，红蓼和芙蓉争妍斗艳了。岛的中心可建一八角形的亭子，簇拥在百花丛中，可称之为百花亭。此外他们还计划在园中冲要地区，建立一座八一纪念堂，我因又建议将来落成之后，应在四周全种红色的花花草草，而以石榴为主体，那么红五月里"蕊珠如火一时开"，眼看着一片猩红，更显示出这是天地间的正色，而联想到八一起义时树在南昌城中的第一面红旗来了。

沄上烈士陵园辟在郊外沄上地区，是革命烈士们的陵墓所在。现已绿化的在三千亩左右，可以发展到一万余亩，作为一个大型的果园和森林公园。现已种下桃、梨、枇杷共七千多株，而以桃为大宗，葡萄也有栽植，收获不多。我以为果树品种似乎太少，柑、橘、李、杏、苹果也有引种必要，而名满天下的南丰橘，是江西特产，更非在这里扎根成长大大繁殖不可。此外，如富于经济价值的杉、榉、香樟、银杏、乌桕、油桐等树，也要像"韩信将兵，多多益善"，何妨百亩千亩地培植起来。至于烈士陵墓部分，我以为在进口处应建一墓门，以壮观瞻，而墓前墓后，还该建立一个战斗场面的大型塑像和表扬烈士们丰功伟绩的纪念碑，可以供人凭吊，永垂不朽。风景区的建立，千头万绪，一时难以着手，何妨以地点较为近便的狮子脑一带作为尝试。那边有山有水，条件不差，只要布置得富有诗情画意，便可引人入胜。

  总的说来，南昌的园林建设，为了人力物力的关系，必须分别缓急，先把八一公园和人民公园充实提高起来。树木独多柏树，还须多多搜罗其他品种，使其丰富多彩，为全市生色。目前省领导上正在掀起一个全省性的植树运动，干部人人动手，波澜壮阔，十年树木，事必有成，将来浔阳江畔，突然成为一个绿天绿地的大绿化区了。

  入晚，省文化局长石凌鹤同志来，商谈重建滕王阁事。我早年读了王勃赋中"落霞与孤鹜齐飞，秋水共长天一色"的名句，向往已久，哪知此阁早已夷为平地，只存一个空名罢了。前天我在博物馆中看到一张滕王阁图，崇楼杰阁，宏伟非常，如果照样重建，谈何容易。我因建议必须仿照苏州市整修旧园林多快好省的办法，先把全省旧建筑摸一摸底，集中旧装修备用；凡是雕工细致的门窗挂落都须尽量搜罗，有了这些基本材料，才可动手兴工。此外，绿化环境，也要多多搜罗高大苍老的树木，才可和古色古香的滕王阁配合起来，相得益彰。

一月二十三日　晴

一梦蘧蘧，还在惦念着井冈山，不能自已，只因行色匆匆，将于今天结束在南昌的参观访问，再也不可能前去瞻仰这革命圣地，只得期诸异日了。黎明即起，收拾行装，即于六时三刻告别了曾、尹二同志，搭车到向西站，再搭上海来车转往广州。别矣南昌，行再相见！浔阳江畔的四天，在我生命史上又描上了绚烂的一笔。

绿水青山两相映带的富春江

在若干年以前，我曾和几位老友游过一次富春江，留下了一个很深刻的印象。我们原想溯江而上，一路游到严州为止，不料游侣中有爱西湖的繁华而不爱富春的清幽的，所以一游钓台就勾通了船夫，谎说再过去是盗贼出没之区，很多危险，就忙不迭地拨转船头回杭州去了。后来揭破阴谋，使我非常懊丧。虽常有重续旧游之想，却蹉跎又蹉跎，终未如愿。哪知"八一三"事变以后，在浙江南浔镇蛰伏了三个月，转往安徽黟县的南屏村，道出杭州，搭了江山船，经过了整整一条富春江，十足享受了绿水青山的幽趣，才弥补了我往年的缺憾；恍如身入黄子久富春长卷，诗情画意，不断地奔凑在心头眼底，真个是飘飘然的，好像要羽化而登仙了。可是当年到此，是结队寻春，而现在却为的避乱，令人不胜今昔之感。

富春江最美的一段要算七里泷，又名七里濑、七里滩，那地点是在钓台以西的七里之间，两岸都是一迭迭的青山，仿佛一座座的翠屏一样。那水又浅又清，可以见水中的游鱼，水底的石子。遇到滩的所在，可以瞧到滚滚的急流，圈圈的漩涡，实在是难得欣赏的奇观。写到这里，觉得我这一枝拙笔不能描摹其万一，且借昔人的好诗好词来印证一下，诗如钱塘梁晋竹《舟行七里泷阻风长歌》云:"层青迭翠千万重,一峰一格差雷同。篷窗坐眺快眼饱,故乡无此青芙蓉。或如兔鹘起落势,或如鸾鹤回翔容。槎枒或似踞猛虎,蜿蜒或若游神龙。忽堂忽奥忽高圹,如壁如堵如长墉。老苍滴成翡翠绿,旧赭流作珊瑚红。巨灵手擘逊巉峭,米颠笔写输玲珑。中间素练若布障,两行碧玉为屏风。无波时露石齿齿,不雨亦有云蒙蒙。一滩一锁束浩荡,一山一转殊尨岔。前行已若苇港断,后径忽觉桃源通。樵歌隐隐深树外,帆影历历斜阳中。东西二台耸山半,乾坤今古流清风。我来祠畔仰高节,碧云岩下停游踪。搜奇履险辟藤葛,攀附无异开蚕丛。千盘百折始到顶,眼界直欲凌苍穹。斯游寂寞少同志,知者惟有羊裘翁。狂飙忽起酿山雨,四围岚气青葱茏。老鱼跳波瘦蛟泣,怒涛震荡冯夷宫。舟师深惧下滩险,渡头小泊收帆篷。子陵鱼肥新笋大,舵楼晚饭饤盘充。三更风雨五更月,画眉啼遍峰头峰。"词如番禺陈兰甫《百字令》一阕,系以小序:"夏日过七里泷,飞雨忽来,凉沁肌骨,推篷看山,新黛如沐,岚影入水,扁舟如行绿颇黎中,临流洗笔,赋成此阕,傥与樊榭老仙倚笛歌之,当令众山皆响也。"词云:"江流千里,是山痕寸寸,染成浓碧。两岸画眉声不断,催送蒲帆风急。叠石皴烟,明波蘸树,小李将军笔。飞来山雨,满船凉翠吹入。　便欲舣棹芦花,渔翁借我,一领闲蓑笠。不为鲈香兼酒美,只爱岚光呼吸。野水投竿,高台啸月,何代无狂客。晚来新霁,一星云外犹湿。"读了这一诗一词,就可知道七里泷之美,确是名不虚传的。

航行于富春江中的船,叫做江山船,有二三丈长的,也有四五丈长的,船身用杉木造成,满涂着黄润润的桐油,一艘艘都是光焕如新。船棚用芦叶和竹片编成，非常结实，低低地罩在船上，作半月形；前后装着门板，左右开着窗子，两面架着铺位，小的船有四个，大的船就有六个和八个，以供乘客坐卧之用。船上撑篙把舵，打桨摇橹的，大抵是船主的合家眷属，再加上三四名伙计，遇到了滩或水浅的所在，就由他们跳上岸去背纤，看了他们同心协力的合作精神，真够使人兴奋！

一船兀兀，从钱塘江摇到屯溪，前后足足有十三四天之久，而其中六七天，却在富春江至严江中度过，青山绿水间的无边好景，真个是够我们享受了。我们曾经迎朝旭，挹彩云，看晚霞，送夕阳，数繁星，延素月，沐山雨，栉江风。也曾听滩声，听瀑声，听渔唱声，听樵歌声，听画眉百啭声，听松风谡谡声。耳目的供养，尽善尽美，虽南面王不与易，真不啻神仙中人了。我为了贪看好景，不是靠窗而坐，就是坐在船头，不怕风雨的袭击，只怕有一寸一尺的好山水，轻轻溜走。但是每天天未破晓，船长就下令开行，在这晓色迷蒙中，却未免溜走了一些，这是我所引为莫大憾事的。幸而入夜以后，总得在什么山村或小镇的岸旁停泊过宿，其他的船只，都来聚在一起。短篷低烛之下，听着水声汩汩，人语喁喁，也自别有一种佳趣。我曾有小词《诉衷情》一阕咏夜泊云："夜来小泊平矶。富春江。左右芳邻，都是住轻舣。　波心月，清辉发，映篷窗。静听怒泷，吞石水淙淙。"除了这江上明月，使人系恋以外，还有那白天的映日乌桕，也在我心板上刻下了一个深深的影子。因为我们过富春江时，正在十一月中旬深秋时节，两岸山野中的乌桕树，都已红酣如醉，掩映着绿水青山，分外娇艳。我们近看之不足，还得唤船家拢船傍岸，跳上去走这么十里五里，在树下细细观赏，或是采几枝深红的桕叶，雪白的桕子，带回船去做纪念品。关于这富春江上的乌桕，不用我自己咏叹，好在清代名词人郭频伽有《买陂塘》一词，写得加倍的美，郭词系以小序，全文如下："富阳道中，见乌桕新霜，青红相间，山水映发，帆樯洄沿，断岸野屋，皆入图绘，竟日赏玩不足，词以写之：'绕清江、一重一掩，高低总入明镜。青要小试婵娟手，点得疏林妆靓。红不定。衬初日明霞，斜日余霞映。风帆烟艇。尽闷拓窗棂，斜欹巾帽，相对醉颜冷。　桐江道，两度沿缘能认。者回刚及霜讯。萧闲鸥侣风标鹭，笑我鬓丝飘影。风一阵，怕落叶漫空，埋却寻幽径。归来重省。有万木号风，千山积雪，物候更凄紧。'"

　　船从富阳到严州的一段，沿江数百里，真个如在画图中行。那青青的山，可以明你的眼：那绿绿的水，可以洗净你的脏腑。无怪当初严子陵先生要薄高官而不为，死心塌地地隐居在富春山上，以垂钓自娱了。富阳以出产草纸著名，是一个大县。我经过两次，只为船不拢岸，都不曾上去观光，可是遥望鳞次栉比的屋宇，和岸边的无数船只，就可想象到那里的繁荣。

　　桐庐在富阳县西，置于三国吴的时代，真是一个很古老的县治了。在明代和清代，属于严州府，民国以来，改属金华，因为这是往游钓台和通往安徽的必经之路，游人和客商，都得在这里逗留一下，所以沿江一带，就特别繁荣起来。

　　过了桐庐，更向西去，约四五十里之遥，就到了富春山。山上有东西二台，东台是后汉严子陵钓台，两台是南宋谢皋羽哭文天祥处，都是有名的古迹。可是我们这时急于赶路，不及登山游览,但是想到一位高士,一位忠臣,东西台两两对峙,平分春色,也可使富春山水,增光不少。

自钓台到严州,一路好山好水,真是目不暇接,美不胜收。严州本为府治,置于明代,民国以后,改为建德县。我在严州曾盘桓半天,在江边的茶楼上与吴献书前辈品茗谈天,饱看水光山色。当夜在船上过宿,赋得绝句四首:"浮家泛宅如沙鸥,欸乃声繁似越讴。听雨无聊耽午睡,兰桡摇梦下严州。""玲珑楼阁峨峨立,品茗清淡逸兴赊。塔影亭亭如好女,一江春水绿于茶。""粼粼碧水如罗縠,渔父扁舟挂网回。生长烟波生计足,鸬鹚并载卖鱼来。""灯火星星随水动,严州城外客船多。篷窗夜听潇潇雨,江上明朝涨绿波。"

从富春江入新安江而达屯溪,一路上有许多急滩,据船夫说:共有大滩七十二,小滩一百几,他是不是过甚其辞,我们可也无从知道了。在上滩时,船上的气氛,确是非常紧张,把舵的把舵,撑篙的撑篙,背纤的背纤,呐喊的呐喊,完全是力的表现。儿子铮曾有过一篇记上滩的文字,摘录几节如下:"汹涌的水流,排山倒海似地冲来,对着船猛烈地撞击,发出了一阵阵咆哮之声。船老大雄赳赳地站在船头,把一根又长又粗的顶端镶嵌铁尖的竹篙,猛力地直刺到江底的无数石块之间,把粗的一头插在自己的肩窝里,同时又把脚踏在船尖的横杠上,横着身子,颈脖上凸出了青筋,满脸涨得绯红。当他把脚尽力挺直时,肚子一突,便发出了一阵'唷——嘿'的挣扎声。船才微微地前进了一些。这样地打了好几篙,船仍没有脱险,他便将桅杆上的藤圈,圈上系有七八根纤绳,用浑身的力,拉在桅杆的下端,于是全船的重量,全都吃紧在纤夫们的身上,船老大仍一篙连一篙地打着,接着一声又一声地呐喊。在船梢上,那白发的老者双手把着舵,同时嘴里也在呐喊,和船老大互相呼应。有时急流狂击船梢,船身立刻横在江心,老者竭力挽住了那千斤重的舵,半个身子差不多斜出船外,呐喊的声音,直把急流的吼声掩盖住了。在岸滩上,纤夫们竟进住不动了。他们的身子接近地面,成了个三十度的角,到得他们的前脚站定了好一会之后,后脚才慢慢地移上来,这两只脚一先一后地移动,真的是慢得无可再慢的慢动作了。他们个个人都咬紧了牙关,紧握了拳头,垂倒了脑袋,腿上的肌肉,直似栗子般地坟起。这时的纤绳,如箭在张大的弓弦上,千钧一发似的,再紧张也没有了。终于仗着伟大的人力,克服了有限的水力,船身直向前面泻下去。猛吼的水声,渐渐地低了;最后的胜利,终属于我!"这一篇文字虽幼稚,描写当时情景,却还逼真。富春江上的大滩,以鸬鹚滩与怒江滩为最著名。我过怒江滩时,曾有七绝一首:"怒江滩上湍流急,郁郁难平想见之。坐看船头风浪恶,神州鼎沸正斯时。"关于上滩的诗,清代张祥河有《上滩》云:"上滩舟行难,一里如十里。自过桐江驿,滩曲出沙觜。束流势不舒,遂成激箭驶。游鳞清可数,累累铺石子。忽焉涉深波,鼋鼍伏中沚。舟背避石行,邪许声满耳。瞿塘滟滪堆,其险更何似。"

画眉是一种黄黑色的鸣禽,白色的较少,它的眉好似画的一般,因此得名。据说产于四川;但是富春江上,也特别多。你的船一路在青山绿水间悠悠驶去,只听得夹岸柔美的鸟鸣声,作千百啭,悦耳动听,这就是画眉。所以昔人歌颂富春江的诗词中，往往有画眉点缀其间。我爱富春江，我也爱富春江的画眉，虽然瞧不见它的影儿，但听那宛转的鸣声，仿佛是含着水在舌尖上滚，又像百结连环似的，连绵不绝，觉得这种天籁，比了人为的音乐，曼妙得多了。我有《富春江凯歌》一绝句，也把画眉写了进去："将军倒挽秋江水，洗尽粘天战血斑。十万雄师齐卸甲，画眉声里凯歌还。"此外，还有一件俊物，就是鲥鱼。富春江上父老相传，鲥鱼过了严子陵钓台之下，唇部微微起了红斑，好像点上一星胭脂似的。试想鳞白如银，加上了这嫣红的脂唇，真的成了一尾美人鱼了。我两次过富春江，一在清明时节，一在中秋以后，所以都没有尝到富春鲥的美味，虽然吃过桃花鳜，似乎还不足以快朵颐呢。据张祥河《钓台》诗注中说："鲥之小者，谓之鲥婢，四五月间，仅钓台下有之。""鲥婢"二字很新，《尔雅》中不知有没有？并且也不知道张氏所谓小者，是小到如何程度。往时我曾吃过一种很大的小鱼，长不过一寸左右，桐庐人装了瓶子出卖，味儿很鲜，据说也出在钓台之下，名子陵鱼。

避暑莫干山

已记不得是哪一年了，反正是一个火辣辣的大暑天，我正在上海作客，烈日当空，如把洪炉炙人，和几个老朋友相对挥汗，简直热得透不过气来。大家一商量，就定下了避暑大计，当日收拾行装，急匆匆地上火车，直奔杭州转往莫干山去。水陆并进地到了山下，早已汗流浃背。不过老天爷真会凑趣，竟淅淅沥沥地下起雨来，倒像是给我们这班远客殷勤洗尘呢。

冒雨登莫干山，夹路都是修竹，新翠欲滴，不时听得水声淙淙，似远似近，疑是从天上来的。登山有新旧两条路，而以旧路为较近，山径曲折高下，两旁多野花，着雨更见鲜丽；因此想到明代诗人王伯穀寄马湘兰小简中所谓"见道旁雨中花，仿佛湘娥面上啼痕耳"。这样的比喻，真是想入非非。

我们所住的地方，是在半山以上的一个客馆，小楼一角，朝朝可以看山。当窗有老松，有大棕树，浓密的枝叶披散着，好像结成了一大张油碧之幄的天幕，使人心目都爽。自顾此身，已在二千尺以上，似乎接近了七重天，不禁有飘飘欲仙之感。

莫干山坐落武康县的西北，相去约二十余里。相传吴王阖闾间，曾命干将、莫邪夫妇俩到山中来铸剑，铸成之后，就将夫妇的名字作为剑名，而山也因此得了个莫干的名称。在我们住处不

远，有一个剑池，据说就是当年磨剑的所在。乌程周梦坡特地在石壁上刻了"剑池"二大字，并在另一块大石上标明"周吴干将莫邪夫妇磨剑处"。这石很为平滑，倒是一块天造地设的磨剑石。上面有瀑布，翻滚下泻，好像一匹倒挂数十丈的白练。为了正在雨后，瀑流更大更急，蔚为奇观。水声震耳，如鸣雷，如击鼓，又如万马奔腾。在这里小立半晌，胸襟顿觉开朗，虽有俗尘万斛，也给洗净了。

从剑池边向上走去，约几百步，有一座应虚亭，飞瀑流泉的声响，嘈嘈杂杂地传达到亭子里来，日夜不绝。亭柱上都有联语，如："才出山声震林木；便赴壑流为江湖"；"清可濯缨浊濯足；晴看飞雪雨飞虹"，都是和流泉飞瀑有关的。又集《诗品》和《禊帖》各一联云："泠然希音，上有飞瀑；虚伫神素，如将白云。""既然有水，不可无竹；时或登山，亦当有亭。"一典雅而一通俗，确是集句的能手。

山上空气特别好。一清如洗，几案面上，找不到一点尘埃。气候凉爽，比山下低十度左右，早晚可穿夹衣。白天出去游山，在阳光下往来走动，有时虽也出些微汗，可是一坐下来，立即遍体生凉。此外，还有种种因素，可使人增进健康，延年益寿。听朋友们说，凡是身体较弱，来山休养的，往往增加体重，几乎百试不爽。

塔山是莫干山的主峰，在武康西北三十五里，比了邻近的许多山，确是算它最高。据《武康县志》说："晋天福二年，在山上造了一座塔，后来塔垮了，而山却仍名塔山。"山径作螺旋形，盘曲地达到山顶，有亭翼然，标着"高瞻远瞩"四个字。这里高山海平线二千二百五十尺,既可高瞻,也可远瞩,四周群山叠翠,倒像是儿孙绕膝一样。据文献记载:"塔山北枕太湖,俨一椭圆之镜,湖中山岛,有如青螺游行水面,历历可数。东以吴兴之运河为带,西以余杭之天目为屏,钱塘江绕其东南而入海,水天一色,又若云汉之张锦焉。"塔山之美,也就尽在于此了。

塔山的山腰上,有一条圆路,很为平坦,前行几百步,见路旁有怪石十多块,一块叠着一块,危若累卵,似乎就要掉下来似的。据说在这里看夕阳下去,光景美绝;一试之下,果然觉得夕阳无限好,我因此给它起了个雅号,叫做"夕照坡"。从夕照坡上远远望去,见一座山上,阡陌纵横,全是农作物,十分富饶。问之山中父老,说这是天泉山,因为山麓有泉,细水长流,从不干涸,仗着它灌溉田亩,年年丰收,以为这泉出于天赐,因此称这山为天泉山。据前人所作《天泉山记》说:"北上为双涧口,东西两流汇焉,如雷如霆,震动大壑。崖下竹树绵蒙,三伏九夏,凛然寒冱也。历双涧口而上,东峰壁立数百仞,丹枫倒出,飞猱上下,风急天高,猿啼虎啸,众山皆响。又进之,则溪上高张琅玕,万顷缥碧。"读了这一节文字,可见天泉的风景也很不错,并且也是一个避暑的好去处。

山上的商业区,在荫山一带,商店栉比,全是为游客服务的,凡是一切日用必需之品,几乎应有尽有。书店、银行、邮电局也一应俱全,给游客大开方便之门。东南有金家山,并不很高,而附近诸山和山麓的农田,都可于俯仰之间,一览无余。相去不多路,有一地区叫做芦花荡,可是徒有其名,连一枝芦花也没有。听说此地俗称"锣鼓堂",不知是什么意思,难道在这里可以听到敲锣打鼓吗？芦花荡有泉水十分清冽，游客都像渴马奔槽似的，伸出双手去掬水来喝。据说此泉曾经医生检验，绝对没有微生物寄生其中，因为源头有沙砾，已经过一度沙滤了。

　　我们虽说是来避暑、来休息的，然而老是厮守在客馆里，未免纳闷，决计游遍附近名胜，以广眼界而畅胸襟。第一个目的地是碧坞，趁着一个晴日，清早出发，请了一位向导，随带干粮茶水，准备作一日之游。离了客馆，道出塔山脚下，过郎山口，上莫干岭，山径崎岖，大家鼓勇前进。夹径全是密密层层的竹子，绿云万迭，几乎把天空也遮住了。在岭上颠顿了一小时，才下达平地。休息了一会，重又上路，过杨坞坑而到棣溪。一路野花媚人，远山如笑，山涧潺潺作响，似奏细乐，我们边看边听，乐而忘倦。农家利用涧水，设水碓舂米，机括很为简单，而十分得用，足见农民兄弟的智慧。近午，上龙池山，沿溪危岩迎面，乱枝打头，一会儿上升，一会儿下降，一会儿拐弯，一会儿直前，一行人都像变做了走盘珠。可是一步步进行，一步步渐入佳境，不一会听得水声玲琮，好像钟磬齐鸣，原来碧坞已近在眼前了。一抬头，就惊喜地望见前面悬崖上有一道飞瀑倾泻下来，白如翻雪。下有小池，清澈得发亮，活像是一面菱花宝镜。瀑水流过一堆堆的乱石，渟滀了一下，再从石壁上下泻，泻入一潭，据向导说，这就是有名的龙潭。我带头踏乱石，跨急流，蹲在一块大磐石上，低头瞧着那清可见底的龙潭，觉得双眼都清，连心腑也清了。当下朋友们见我独据磐石，心不甘服，也一个个挤了上来。为了时间已是午后一时，大家饥肠雷鸣，就团坐石上，吃干粮，一面掬起龙潭水来解渴，吃得分外有味。我们在碧坞一带盘桓很久，过足了山水的瘾，才尽兴而返。

"莫干山山水之美，以福水为第一，要是到了莫干山而不游福水，那就好像进了宝山而空着手回来。"这是客馆中一位老游客热心地指示我们的。我们言听计从，休息了一天，就请向导伴我们游福水去。大家以为福水就是个吉祥名字，大足动听，而游福水的人也个个都是福人哩。

这天早上虽有微雨，而我们游兴不减，全都带着雨具出发。过花坑岭、牛头堡、大树下、孙家岭、上关、后洪、溪北各地，只为游目骋怀，兴高百倍，也就不问路的远近，走到哪里是哪里。我们走走停停，估计已走了几十里路，而一条又长又清的大溪，它伸延了几十里，从没有间断过。每隔一百多步，总得有大石块错错落落地散置水中，多种多样，使人目不暇给。不知从哪里来的长流水，尽着从乱石堆里争先恐后地翻滚下来，发出繁杂的声响，有时像弦管，有时像钟鼓，有时像雷轰，凑合在一起，就好像组成了一种大自然的交响乐，正在举行一个盛大的音乐会。走了一程，已到莫家坑，见有一条几丈长的板桥，架在溪上，溪水过桥下，流得更急，音响也更大。而无数大大小小的怪石，有的像鹤立，有的像虎踞，有的像豹蹲，有的像怒狮扑人，不单是散布在水中，连水边也纵横都是。我们眼瞧着好景当前，皆大欢喜，带着摄影机的朋友们，怎肯放过这样的好景，就贪婪地收进了镜头。

从莫家坑沿溪前去，不住地欣赏着水色山光，如在画图中行。不知不觉地又走了五里路，才到福水镇，我们探问小龙潭在哪里，回说过去一二里就到了。我们赶了大半天路，两腿有些发酸，却仍然余勇可贾，齐向小龙潭进发。沿路水声咽石，似在对我们致辞欢迎。不一会就瞧见前面有一道短短的瀑布，好像白虹倒挂，被阳光照耀得灿烂夺目。瀑水击在石上，发声清越，似乎有人在那里弹着琵琶，奏"十面埋伏"之曲，多么动听！不用说，这里就是所谓小龙潭了。

福水之游已经够乐了，而我们贪得无厌，一听得南谷也有好风景，就又赶往南谷去了。道出山居坞，只见到处是修竹接天，乱绿交织，到处是怪石碍路，溪涧争流。一路上所听到的，是风声、水声、蝉声、竹叶声、鸟语声，声声不断。至于山居坞的妙处，读了清代诗人沈焜的诗句，可见一斑："石磴何盘盘，左披右拂青琅玕。螺旋屈曲三百尺，俯视目骇心胆寒。百步人歇岭一转，人家三五垣不完。凉风飕飕袭襟袂，湿云叆叆连峰峦。修篁行尽古杉绿，危桥曲砌喷流湍。草根蹋石石欲动，飞泉溅足行路难。"诗中写出一些险，一些难，其实妙处也就在这里。离山居坞，到石颐山，据《武康县志》说："山腹两崖，大石错互，函若唇齿，其中廓然以容，黄土山桑，烟火数家，若颐之含物。"石颐之名就是这样得来的。石颐寺早已荒落，并无可观，寺后有虎跑泉，也没有去看。寺门前小桥的一旁，见有一块大石，高五六尺，倒像一个六尺昂藏的大汉站在那里。奇在石已裂开了一道大缝，一株树挺生在石缝的中间，枝叶纷披，绿阴如盖，据向导说，这是石颐山颇颇有名的"石中树"。

去石颐寺，过林坑，就到了铜山寺。寺中堂宇清净，楹联很多，记得有一联最好："会心不远，开门见山；随遇而安，因树为屋。"集句对仗工整，很见巧思。寺僧在山上种了大量的竹子，不单是美化了山景，也获得了丰富的收益。由寺外走上山去，这山就是铜官山，原名武康山，高三百五十丈，相传吴王濞采铜于此。登山并没平坦的路径，而我们还是鼓勇直上山顶，放眼四望，只见修篁结绿，古松参天，好一片洋洋大观的绿海，真是美不可言！前人游铜官山诗中所谓"万壑秋声松四面，一林浓翠竹千行"，实在是形容得远远不够的。山顶有小庵，大概就是宋代大诗人苏东坡、毛泽民常来随喜的无畏庵。管庵的老叟见我们远道而来，殷勤招待，取出一块铜石来观摩，并且带我们去看吴王炼铜的井，井有二口，并不太深，望下去黑沉沉的，也瞧不见什么。庵后有小坎，坎中满是水，据说终年不干，称为"铜井"。那老叟又带我们到附近的厨下去，指着壁间的石碣作证，上有"汉铜井"三字，笔画很工致，可见这小小铜井，已有一千七百多年的历史了。井旁有洞，名石燕洞，《武康县志》云："其燕亦视春秋为隐现，与巢燕同。"多分是故神其说吧？洞的上面有一座小石岩，名望月台，平坦可坐，月夜可以望月。老叟指着岩上一株古松说："这是铜山十景中有名的'擎天松'。"我抬头望将上去，见它虬枝四张，确是高不可攀，难怪古人要夸张一下，称为擎天了。

下铜官山，过对坞口，一路看山听水，直到六洞桥，桥下为大堰溪，因此原名大堰桥。清乾隆时原有九洞，桥柱用大毛竹编成，据说竹内填满石块，很为结实。后来桥垮重建，改为六洞，而在桥上盖成屋顶，作为行人歇息的所在。桥下溪水沦涟，潺潺有声，有无数小银鱼在水面上游来游去，斜阳照着鱼背，闪闪有光，真像镀着白银一样。右望溪边有怪石矗起，狰狞向人，向导

说，这叫"怪石角"，倒是名副其实的。傍晚进入簰头镇，镇在武康县西三十里，据说竹木出山时，就从这里编成了簰流出去，因名簰头。大堰溪就傍着镇宛宛流去，溪边老树成荫，一片苍翠，使这古镇带着青春的气息。镇中多小商店，买客云集，也有一二茶馆，镇中人聚在这里谈天说地，很为热闹。簰头是武康最著名的市镇，凡是避暑莫干山的客人，往往要到簰头镇来溜达一下，而四周风物之美，也是足以吸引人的。清代诗人唐靖，曾有诗歌颂它："万壑奔趋一水开，轻桴片片着溪隈。人家鸡犬云中住，估客鱼盐天上来。深坞薪炊归暮市，高滩竹溜划晴雷。近闻篆簜输沧海，林壑何当有蹄材。"这首诗也在竹木的输出上着眼，足见簰头镇商业之盛，历史已很悠久了。

我们和山灵有缘，游兴又好，加之一天休息，一天游山，也就不觉得劳累了。游过了簰头，又决定去游西谷，过荫山、塔山，再上莫干岭，所过处常见千竿万竿的竹子，连绵不断，其间有不少细竹，翠筱条条交织，倒像是绿罗的帘子，瞧了悦目赏心。到天泉寺，寺前都是参天的老树，寿命多在百岁以外。银杏二株，特别高大，有拏云攫日之势，据说是元明两代的遗物，真可说是树木中的老寿星了。

去天泉寺，过佛堂岭下，佛堂在武康西四十余里，也是"风景这边独好"的所在。据前人游记中说："乱石排山而下，或散如羊，或突如豕，或蹲如虎，或狎浪如巨鳌。中有一石，横波独出，似蟠溪老翁垂钓处，下视纤鳞来往，未可思议。"我们在这里流连了一会，重又上路，中午到和睦桥边，桥下有清溪怪石，很可爱玩，如果把它缩小，倒是山水盆景的精品。溪边有石平圆可坐,倒像是大鼋伏在水中,而那隆起的背部却暴露在水面上似的。我们就在这石上团坐进食,小憩片刻。

我们吃吃喝喝,说说笑笑,盘桓了好久,才商量作归计。归途经过葛岭,听说附近有和尚石瀑布,可以一看,于是跨涧度石,络绎上山。一会儿就到了和尚石前,见有石壁高耸,约十余丈,壁顶有小坳,宽不过一尺上下,瀑布就从这上面汩汩地泻下来,气魄不大,比不上剑池、碧坞。小立片刻,山雨欲来,就匆匆下山,过后坞,到香水岭下。这里有寺,就叫香水寺;有井,就叫做香水井。井水清洌,可作饮料。井上有碑,大书"香水古井,道光二十一年三月立"十三字,我们并没喝水,不知香水毕竟香不香啊?据《莫干山志》说,香水岭一名相思岭,岭号相思,也许这里有什么桃色的故事吧?去香水岭,过庙前、梅皋坞以至上横,回到客馆时,夕阳还没有下山哩。水竹清华,是莫干山的特色;我们在山十二天,天天在水光竹影中度过,吸收着天地间清淑之气,也就享尽了避暑的清福。回下山来时,顿觉走进了另一个世界,重又沾染上红尘十丈了。

湖山胜处看梅花

　　一年之计在于春，一春出游之计最先在于探梅，而探梅的去处总说是苏州的邓尉；因为邓尉探梅，古已有之，非同超山探梅之以今日始了。邓尉山在吴县西南六十里，相传汉代有邓尉隐居于此，因以为名；一名光福山，因为山下有光福镇，而旧时是称为光福里的。作邓尉的附庸的，有龟山、虎山、至理山、茆冈山、石帆山等八九座小山，人家搅也搅不清，只知道主山是邓尉罢了。明代诗人吴宽有《登邓尉》诗云："昔年曾学登山法，纵步不忧山石滑。舍舆径上凤冈头，趁此凉风当晚发。远山朝士抱牙笏，近山美人盘鬓发。我身如在巨海中，青浪低昂出复没。山下人家起市廛，家家炊烟起曲突。梅林屋宇遥复见，一似野鸟巢木末。山僧见山如等闲，翻怪群山竞排闼。偶凭高阁发长笑，笑我胡为躅石钵。夕阳满目波洋洋，西望平湖更空阔。山灵为我报水仙，豫役清泠供酒渴。吴人非不好登山，一宿山中便愁绝。扁舟连夜泊湖口，舟子长篙未须刺。懒游已笑斯人骏，狂游不学前辈达。若耶云门在於越，何必青鞋共布袜。"

　　诗中除了"梅林屋宇遥复见"一句外，对于梅花并没详细的描写，原来看梅并不限于邓尉山上，而梅树也散在四周的山野之间；即如和邓尉相连不断而坐落在东南六里的玄墓山就是一例，那边也可看梅,并且山上也是有不少梅树的。玄墓之得名,因东晋青州刺史郁泰玄葬在山上的缘故。现在此墓依然存在,位在圣恩寺的后面的山坡上,向右过去不多路,就是颇有名的"真假山",嵌空玲珑,仿佛是用太湖石堆砌而成,正如人家园林中的假山一样,其实是出于天然,因山泉冲激所致,所以称之为"真假山"。这里一带,至今还有好几十株老梅树;而圣恩寺前,本来也种有不少梅树,不幸在暴日入寇时砍伐都尽。我在十余年前到此看梅,还不愧为大观,回来以后,曾怀之以诗:"玄墓梅花锦作堆,千枝万朵满山隈。几时修得山中住,朝夕吹嚼香蕊来。"

寺中还元阁上,原藏有《一蒲团外万梅花》长卷,也足见当年山中梅花之盛。自明清以至民国,都有骚人墨客的题咏,而经过了这一次浩劫,前半早已散失,后半只剩胡三桥的一幅画,和易实甫、樊云门以及近人所题的诗词,并且不知怎样,纸上沾染了许多黑斑,有几处竟连字也瞧不出来了。后来我上山看梅,也看过了这一个残余的卷子,曾题了两首七绝:"劫余重到还元阁,举目河山百种宽。欲寄身心何处寄,万梅花里一蒲团。""万梅花里一蒲团,打坐千年便涅槃。佛雨缤纷花雨乱,如来弥勒共盘桓。"我虽仍然沿用着"一蒲团外万梅花"原意,其实哪里还有万树梅花之盛,只能说是万朵梅花吧。玄墓之西有弹山、蟠螭山,以石楼、石壁吸引了无数游屐,那边也有梅树,可是散漫而并不簇聚,只是疏疏落落地点缀在山径两旁罢了。弹山的西北有西碛山,其南有查山,旧时梅花最盛,宋代淳祐年间,高士查莘曾隐居于此,筑有梅隐庵。庵东有一个挺大的潭,在梅林交错中,虽亢旱并不干涸,查氏就在上面的崖壁上题了"梅花潭"三字,可是这些古迹,已无余迹可寻;不过唐寅诗有"十里梅花雪如磨"句,而李流芳文有"余买一小丘于铁山之下,登陟不数十武而尽揽湖山之胜,尤于看梅为宜,盖踞花之上,千村万落,一望而收之"云云,那就足见这里一带,在明代是一个观赏梅花的胜处。

在光福镇之西,与铜井山并峙的,有马驾山,俗称吾家山。山并不很高,而四面全是梅树,花开时一白如雪,蔚为大观。清康熙中巡抚宋牧仲荦在崖壁上题了"香雪海"三字,复筑亭其旁,以便看梅。据说乾隆下江南时,也曾到此一游,于是"香雪海"之名藉甚人口,游人络绎而至。诗人汪琬曾有《游马驾山记》,兹摘其中段云:"……前后梅花多至百许树,芗香蓊葧,落英缤纷,入其中者,迷不知出。稍北折而上,望见山半累石数十,或偃或仰,小者可几,大者可席,盖《尔雅》所谓磐也。于是遂往,列坐其地,俯窥旁瞩,濛然餲然,曳若长练,凝若积雪,绵谷跨岭无一非梅者。加又有微云弄白,轻烟缭青,左澄湖以为镜,右崇嶂以为屏,水天浩漾,苍翠错互,然则极邓尉、玄墓之观,孰有尚于兹山者耶?……"

读了这一段文字,就可知道这马驾山香雪海亭一带,确是看梅最好的所在,不过"百许树"疑为"万许树"之误;因为二十余年前我到此看梅,也决不止百许树;但见山下四周茫茫一白,确有"曳若长练,凝若积雪"的奇观,至少也该有千许树呢。后来乡人因种梅利薄,不及种桑利厚,于是多有砍梅以种桑的。如今梅花时节,您要是上马驾山去向四下一看,怕就要大失所望,觉得香雪海已越缩越小，早变成香雪河、香雪溪了。清代画师作探梅图，多以香雪海为题材，吾家藏有横幅一帧，出吴清卿大澂手，点染极精。我曾请吴氏裔孙湖帆兄鉴定一下，确是真迹，特地转请故王胜之先生题端，而由湖兄检出愙斋旧笺，钞了他老人家的遗作《邓尉探梅》诗七律二章殿其后，更有锦上添花之妙，我于登临之余，欣赏着这画中的香雪海，觉得更有意味了。

明代高士归庄，字玄恭，江苏昆山人，国亡以后，便遁入山林中，佯狂玩世，与顾亭林同享盛名，一时有"归奇顾怪"之称。遗作《观梅日记》，详记邓尉探梅事，劈头就说："邓尉山梅花，吴中之盛观也。崇祯间，尝来游，乱后二十年中，凡三至……"他最后一次探梅，历时十日；从昆山乘船出发，先到虎丘，寓梅花楼，赋诗二绝句，第一首："邓尉山梅是胜游，东风百里送扁舟。更爱虎丘花市好，月明先醉梅花楼。"这首诗可算是发凡。第二天仍以舟行，过木渎，取道观音山而于第三天到上崦，记中说："遥望山麓梅花村，斜阳照之，皑皑如积雪。"这是邓尉探梅之始。第四天到士墟访友人葛瑞五，记云："其居面骑龙山，四望皆梅花，在香雪丛中。余辛丑年看梅花，有'门前白到青峰麓'之句，即其地也。庭中垒石为丘，前临小池，梅三五株，红白绿萼相间；酌罢坐月下，芳气袭人不止，花影零乱，如水中藻荇交横也。后庭有白梅一株，花甚繁，云其实至十月始熟，盖是异种。"他在这里探梅，是远望与近看，兼而有之的。第五天登马驾山，他说："山有平石，踞坐眺瞩，梅花万树，环绕山麓。"这平石附近的崖壁上，就是后来宋牧仲题"香雪海"三字的所在。要看大块文章式的梅花，这里确是唯一胜

处,我当年也就在这一块平石上,酣畅淋漓地领略了香雪海之胜。第六天游弹山之西的石楼,记云:"石楼前临潭山,潭山之东西村坞皆梅花,千层万叠,如霰雪纷集,白云不飞。"这里的梅花也可使人看一个饱,可是现在登石楼,就不足以餍馋眼了。第七天游茶山,他说:"茶山之景,梅花则胜马驾山;远望湖山,则亚于石楼。盖马驾梅花,惟左右前三面,茶山则花四面环匝。"这所谓茶山,为志书所不载,大概就是宋代高士查莘所隐居的查山吧?他既说梅花四面环匝,胜过马驾山,将来倒要登临其上,对证古本哩。随后他又游了铜井山,记云:"铜井绝高,振衣山巅,四面湖山皆在目,而村坞梅花参差,逗露于青松翠竹之间,亦胜观也。"他这里所见,只是村坞间参差的梅花,已自绚烂归于平淡了。第八天上朱华岭,记云:"回望山麓梅花,其胜不减马驾山;过岭至惊鱼涧,涧水潺潺有声,入山来初见也。道旁一古梅,苔藓斑驳,殆百余年物,而花甚繁,婆娑其下者久之。路出花林中,早梅之将残者,以杖微扣之,落英缤纷,惹人襟袖。复前,则梅杏相半,杏素后于梅,春寒积雨,梅信迟,遂同时发花,红白间杂如绣。"因看梅而看到杏花,倒是双重收获,眼福不浅;原来他记中所记时日,已是古历的二月十九日了。第九天他才游玄墓山,这是一般人看梅必到的所在,圣恩寺游侣如云,直到梅花残了才冷落下来。他记中只说:"途中所见,无非梅花林也。"又说:"遥望五云洞一带,梅花亦可观。"对于真假山一带梅花,不着一字,大约那时还没有种梅吧?第十天上蟠螭,至石壁,经七十二峰阁,至潭东,记云:"蟠螭者,在诸山之极西,梅杏千林,白云紫霞,一时蒸蔚。"

又云:"潭东梅杏杂糅,山头遥望,则如云霞,至近观之,玉骨冰肌,固是仙姝神女,灼灼红妆,亦一时之国色也。"他在这里都是由梅花而看到杏花,杏花正在烂漫,而梅花已有迟暮之感了。第十一天他就出土墟而至光福,结束了他的邓尉探梅之行。归氏此行历十天之久,又遍游诸山,对于梅花细细领略,真是梅花知己。今人探梅邓尉,总是坐了小汽车风驰电掣而去,夕阳未下,就又风驰电掣而返,这样的探梅,正像乱嚼江瑶柱一样,还有甚么味儿?来春有兴,打算也照归氏那么办法,趁梅花开到八九分时,作十日之游,要把邓尉四周的山和梅花,仔仔细细地领略一下,也许香雪海依然是香雪海呢。

对于邓尉梅花能细细领略如归玄恭者,还有三人,其一是清代名画师恽南田,他的画跋中有云:"泛舟邓尉,看梅半月而返,兴甚高逸;归时乃作看花图。江山阻阔,别久会稀,窨寂心期,千里无间。春风杨柳,青雀烟帆,室迩人遐,空悬梦想。"其二是名画师兼金石名家金冬心,他的画跋中有云:"小雪初晴,余寒送腊,具鹤氅浩然巾,入邓尉山,看红梅绿萼,十步一坐,坐浮一大白,花香枝影,迎送数十里;虽文君要饮,玉环奉盏,其乐不是过也。"一个是"看梅半月而返",而尚有余恋,一个是"十步一坐,坐浮一大白",而以梅花比之古美人要饮奉盏,他们都是善于看梅而领略到个中至味的。其三是清末名词人郑叔问,晚年自署大鹤山人,卜居苏州鹤园,日常以作画填词自遣;他的词集《樵风乐府》中,不少邓尉探梅之作,他自己曾说往来邓尉山中廿余年,并因爱梅之故,与王半塘有西崦卜邻之约。他的看梅也与归玄恭一样,遍历诸山而一无遗漏的;但读他的八阕《卜算子》，可见一斑。其一云："低唱暗香人，旧识凌波路。行尽江南梦里春，老兴天悭与。　桥上弄珠来，烟水空寒处。万顷颇黎烂玉盘，月好无人赋。"这是为常年看梅旧泊地虎山桥而作。其二云："瑶步起仙尘，钿额添宫样。一闭松风水月中，寂寞空山赏。　诗版旧题香，盛迹成追想。花下曾闻玉辇过，夜夜青禽唱。"这是为追忆玄墓山圣恩寺旧游而作。其三云："数点岁寒心，百尺苍云覆。落尽高花有好枝，玉骨如诗瘦。　卧影近池看，露坐移尊就。竹外何人倚暮寒，香雪和衣透。"这是因司徒庙柏因社清奇古怪由古柏联想到庙中梅花而作。其四云："枝亚野桥斜，香暗岩扉迥。瘦出花南几尺山，一坞苍苔静。　梦老石生芝，开眼皆奇景。大好青山玉树埋，明月前身影。"这是为青芝坞面西碛一小丘宜于看梅而作。其五云："一棹过湖西，曾载双崦雪。蹋叶寻花到几峰，古寺诗声彻。　林卧共僧吟，树老无花折。何必桃源别有春，心境成孤绝。"这是为安山东坞里古寺中寻古梅而作。其六云："刻翠竹声寒，扫绿苔文细。四壁花藏一寺山，香国闲中味。　对镜两蛾颦，想像西施醉。欲唤鸱夷载拍浮，可解伤春意。"这是为常年看梅信宿蟠螭山而作。其七云："云叠玉棱棱，琴筑流澌咽。漫把南枝赠北人，陇上伤今别。　秀麓梦重寻，泉石空高洁。台上看谁卧雪来，独共寒香说。"这是为弹山石楼看梅兼以赠别知友而作。其八云："初月散林烟，近水明篱落。昨夜东风犯雪来，梦地春抛却。　最负五湖心，不为风波恶。笑看青山也白头，一醉花应觉。"这是为冲雪泛舟，看梅于法华、渔洋两山邻近的白浮而作。原词每阕都有小注，十分隽永，为节约篇幅故，不录。但看每一阕中,都咏及梅花,而极其蕴藉之致;三复诵之,仿佛有幽香冷馥,拂拂透纸背出。

邓尉的梅花,大抵以结实的白梅为多,一称野梅,浅红色和绿萼的较少,透骨红已绝无而仅有。盆梅向来盛于潭东天井上一带,往年我曾两度前去,物色枯干虬枝的老梅,可是所得不多,苏州沦陷期间已先后病死;硕果仅存的只有一株浅红色的大劈梅,十年前曾在那老干的平面上刻了一首龚定盦的绝句:"玉树坚牢不病身,耻为娇喘与轻颦。天花那用铃旛护,活色生香五百春。"这二十八字和题款,还是从龚氏真迹上勾下来的。以这株老梅的本干看来,也许已有了五百年的高寿了。每年梅花盛开时,大抵总在农历惊蛰节以后,所以探梅必须及时,早去时梅犹含蕊,迟去时梅已谢落,最好山中有熟人,报道梅花消息,那么决不致虚此一行。

羊城展印

这正是北国千里冰封、万里雪飘的季节，而在南方广州市、海南岛一带，却到处是青枝绿叶的树和姹紫嫣红的花，好一片阳春烟景。一九六二年春节前夕，到广州、海南岛各地参观访问的人特别的多，而从北方来的客人占一大半，羊城宾馆里，真有冠盖如云之盛。

就中有一双俪影却是例外，不从北来而由南来，那就是名演员俞振飞和言慧珠，我刚到广州的第一天，就在电梯上碰到了他们。他乡遇故知，真是喜出望外。

在他们的房间中交谈时，见振飞年登花甲，还是濯濯如春日柳，慧珠也是长葆青春，健美如故。可不是吗？人逢喜事精神爽，他们俩越活越年轻了。我对振飞说：“您今年是六十整寿了，为了您培养新生力量，对戏剧事业的贡献，应该好好地祝贺一下。”振飞只是微笑，只是逊谢。我随又问起他们是不是回上海过春节？他说剧团的演员们归心如箭，原想回去过春节的；可是广州市的朋友们挽留他们，要让五羊城中的广大群众，欣赏欣赏他们的艺术。我一听之下，就欢呼起来：“好好！那么我也好在这里一饱眼福耳福了。”谁知他们演出时，我早已飞往海南岛，失去了一个绝好机会，没有领略到百花园中这许多娇葩嫩蕊的色香。

到得鸟倦知还，我从海南岛飞回来时，已是腊鼓频催的小除夕，当晚就去逛了向往已久的花市，过一过瘾。第二天下午，大家又去逛花市，慧珠正在排戏，振飞欣然同行。他见了那鲜红的碧桃花大为高兴，说活了六十多岁，而除夕看桃花却是第一次。我却挤来挤去贪看南方独有的吊钟花，细细地看它的花蕾、花瓣、花须以至枝条树干，活了六十七岁，也是生平第一次看到吊钟花，真的要向它致以敬礼，说一声"幸会，幸会"哩。在人海花海中挤了一会，却动了诗兴，各赋一绝句，振飞有"国运年年无限好，喜看大地展东风"之句，我也以"愿祝东风齐着力，十分春色十分浓"两句来表示我的欢欣和祝愿。

这一次上海来的客并不太多，巴金和他的夫人肖珊却带着儿女联袂同行；常在一起的还有一位从西子湖畔来的老作家方令孺。虽一同逛了花市，并没有买花，好在他们各有一枝生花之笔，也就够了。春节后二天，我们一行十余众，同往游览了中国四大名镇之一的佛山市，一踏上市街，见到处洁无纤尘。我们几个抽纸烟的，都提防着不让烟灰掉下来，怕沾污了它。我们随即到那名不副实的"鸡屎巷"里去访问居民的住家，它从小客堂到小厨房，都收拾得一干二净，老老小小，都以讲卫生为光荣，以不讲卫生为耻辱。

后来我们又游览了新拓建的祖庙公园，参观了许多精美的盆景，承一位园工递给我一把剪刀，我就给一盆老干茉莉花施了手术。巴金他们见我放手"大动干戈"，都捏一把汗，但我东一剪、西一刀，终于把它美化了。石湾是大名鼎鼎的陶都，非去不可，我旧地重游，在陶瓷研究所中仍然看得津津有味。据说过去工人们对花瓶上的"窑变"没有把握，要碰运气才能制成一二的；而近年来革新了技术，要变就变，"窑变"也乖乖地肯听话了。多承所长的美意，让我们选购了好多件新作品。我看上了一个"孟浩然拥鼻吟诗"的陶像，巴金父子也赞美不绝；可巧一共有两个，就让我们平分了秋色。此外瓶啊、盆啊、坛啊、烟灰缸啊、大大小小的陶像啊，挑选了一大堆，大家满载而归。

在春节第五天上，我们先后告别了广州；巴金夫妇转往从化温泉区去小事休养。听说他正在创作一部中篇小说，料知这个有声有色、有血有肉的新的杰作，也许要像婴儿般在温泉上初试啼声了。

南通盆景正翻新

这些年来，我的园艺工作以盆景作为重点，因此凡是国内有盆景的地方，总想前去观摩一下，当作我的研究之助。一九五九年初夏，先到了广州，觉得广州的盆景，多半取法自然，自有独到之处。一九六一年春节又在南通看到了优美的盆景。

过去我在上海曾经见过不少南通来的盆景，每一盆的树姿，都像是鞠躬如也的谦谦君子，我以为天然的树偶或有之，决不会株株都是这样刻板式的。这次我到了南通之后，先后参观了南郊公园、五山公园、人民公园的许多盆景，大半仍然保持着旧时的风格，不过人民公园的技工，已受了苏州的影响，开始打破陈规了。

感谢南通的友人们特地为我举行了一个小型展览会，把他们手制的几十件盆景，分室陈列，供我观赏。只因有几位作者是画家和诗人，盆面上就有了画意诗情，不同凡俗，使我眼界为之一新。虽然品种不多，而每一株雀舌松、每一株绒针柏、每一株六月雪，都剪裁得楚楚有致，连树边树下的石笋和拳石，也布置得恰到好处。老诗人孙蔚滨先生即席赋诗见赠："雅望俊才海内倾，晚工园艺寄高情。等闲范水模山意，盆盎收来分外清。""东风花事到江城（阮亭句），小局呈粗待剪芟。喜迓高

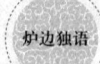

轩凭指点,争荣齐放浴朝晴。"我于受宠若惊之余,跟大家交流了经验,以推陈出新互相勖勉,并向旁听的各园技工提供我的一得之见,以为盆景的制作,必须六成自然,四成加工,而在这四成之中,又必须以剪裁占二成半,扎缚占一成半;如果加工过多,那就是矫揉造作,取法乎下了。

  我还得感谢技工朱宝祥,他也鼓足了干劲,匆促地为我展出了他个人的作品,十之七八已改变了旧作风,换上了新面貌。就中一大盆老干的罗汉松,更觉得气势磅礴,睥睨一切,仿佛关西大汉,打铁绰板,唱大江东去,豪放得很!

最是橙黄橘绿时

"一年好景君须记，最是橙黄橘绿时"，读了苏东坡这两句诗，不禁神往于三万六千顷太湖上的洞庭山，又不禁神往于洞庭山的名橘洞庭红。其实橙黄橘绿虽然好看，而一经霜打、满山红酣时，那才真的是一年好景哩。前几天孩子们从市上买来了几斤洞庭橘，争着尝新，皆大欢喜；我见橘色还是绿多红少，以为味儿一定很酸，谁知上口一尝，却没有酸味而有甜味，足见洞庭橘之所以会流芳千古了。

我说它流芳千古，倒并非夸张，原来远在唐代，洞庭橘就颇为有名，每年秋收之后，照例要进贡皇家，给独夫去尝新。当时曾有善于趋奉的近臣，写了两篇《洞庭献新橘赋》，歌颂一番。至于诗人们专咏洞庭橘的诗，那就更多了，例如韦应物的"书后欲题三百颗，洞庭须待满林霜"；皮日休的"个个和枝叶捧鲜，彩疑犹带洞庭烟"；顾况的"洞庭橘树笼烟碧，洞庭波月连沙白。待取天公放恩赦，侬家定作湖上客"。这一位诗人，为了热爱洞庭橘，竟想乞得天公恩赦，让他住到太湖上去了。

我园东部百花坡下有两株橘树，十余年前从洞庭西山移来，就是著名的洞庭红，可是因为不常施肥，结实不多；而盆植的一株，每年总结十多颗，经霜泛红之后，与绿叶相映，鲜艳可爱。

橘树的好处，不但能结美果，而又好在叶片常绿，并且有香，用沸水加糖冲饮，香沁心脾。叶作长卵形，柄上有节，枝上有刺。夏季开白花，每朵五瓣，也带着清香。入秋结实，初绿后黄，经霜渐红，那就完全成熟了。橘皮香更浓郁，当你剥开皮来时，会喷出香雾沾在手指上，老是香喷喷的。

中国地大物博，产橘的地方多得很，并且橘的质量也有超过洞庭红的。过去我就爱吃汕头、厦门的大蜜橘，漳州的福橘，新会的广橘，天台山和黄岩的蜜橘；还有一种娇小玲珑的南丰橘，妙在无核，而肉细味甜，清代也是进贡皇家给少数人享受的，而现在早就像洞庭橘一样，颗颗都是归大众享受的了。

橘的繁殖方法，以嫁接为主，可用普通的枸橘作为砧木，于农历四月前后施行切接；倘用芽接，那么要在九月初施行。苗木生长很慢，必须在苗圃里培养二三年，才能露地定植。要用黏质壤土，而排水须良好，不需肥土，以免树势陡长，结实推迟。冬季不可施肥，入春施以腐熟的菜粕，帮助它发育成长。

橘的全身样样有用，肉多丙种维生素，可浸酒、榨汁、制果酱。橘皮、橘核、橘络都可作药笼中物，有治病救人之功。屈原作《橘颂》，可也颂不胜颂了。

迎新清供

今年快过完了,我们将怎样来迎接这新的一年来临呢?除了在精神上、思想上要作迎新的准备外,在物质上也有点缀一下的必要。我爱园艺,就得借重那些盆供、瓶供来迎新了

入冬以来,各地的菊花展览会早已结束了,而我家的爱莲堂、紫罗兰盦、寒香阁、且住各处,仍还供满着多种多样的盆菊,内中有好多盆经我整理加工以后,尽可维持到元旦;并且还有几盆迟开的黄菊和绿菊,含苞未放,可以参加迎新的行列。晚节黄花,居然也作了迎新清供的生力军,使这新年的元旦,更丰富多彩。

今冬气候比较温暖,爱莲堂前东面廊下的那株双干老蜡梅,已陆续开放;更有一株盆栽的,磬口素心,也已开了几朵。这株蜡梅虽已年过花甲,而枯干虬枝,还是充满着生命力,今年着花特多,胜于往年,大概它也在作跃进的表示吧。我已准备在元旦那天,把它移到爱莲堂上来作供,预料那时花蕊儿定可齐放,发出那种檀香似的妙香来,我又少不得要吟哦着元人"枝横碧玉天然瘦,蕊破黄金分外香"的诗句儿,和朋友们共同欣赏了。

提起了蜡梅,就自然而然地会想到天竹,它们俩真是像管、鲍一般的好朋友,每逢岁寒时节,人家用作过年的装饰品,相偎

相依的，厮守在一起。我小园子里地植的天竹，足有一二百枝，多半是结籽累累，霜降后早就猩红照眼了。盆栽的天竹，共有大小四盆，可是内中三盆所结的籽，都给贪嘴的鸟作了点心；最小的一盆今年得天独厚，三枝上共结了五串籽，衬托着纤小的绿叶，分外可爱。我怕再给鸟儿瞧上了当点心吃，先就抢救了进来；现在正高供在爱莲堂上，等候它的老朋友来作伴。在迎新的行列中，要算它们俩是主角了。

常年老例，蜡梅花开放之后，迎春花情不自禁，总是急着要赶上来的。迎春是一种灌木性的植物，每一本可发好多干，而以单干为贵。枝条伸展像绶带模样，所以别称腰金带。花型较小，共有六瓣，色作嫩黄，也有两花叠在一起的，较为名贵。我有好几个盆景，大小不等，有作悬崖形的，有欹斜而吊根的，有种在石上的。悬崖的一本，姿态最美，着花也最多，年年总是独占鳌头，从不使我失望。为了它的许多枝条都纷披四垂，因此种在一只白釉方形的深盆中，高高地供在一个枣木树根几上，自有雍容华贵之致。每年迎新清供，总少不了它，要迎接新年的元旦，当然也非借重它不可。

红色是大吉祥的象征，迎新当然要多用红色，单是天竹子还嫌不够，于是准备请两位朋友来作陪客。一位是原产西方的象牙红，又名一品红，它是年年耶稣圣诞节的座上客，因此俗称圣诞花，花色鲜艳，红如火齐，最好是用大型的白色瓷胆瓶来作供，娇滴滴越显红白，生色不少。一位是常住在中国各地高山上的鸟不宿，它与天竹一样，不以花显而是以籽显的。它于初夏开小白花，结籽初作青色，入冬泛红；叶形略似定胜，共有七角，角尖很为尖锐，所以连鸟也不敢投宿，而就获得了"鸟不宿"的名称。我有盆栽的几本，今冬结籽不多，而在园南紫兰台上种着的一大株，却是丰收，全株分作十余片，每片结籽无数，猩红夺目，来宾们见了，都啧啧称赏，叹为观止。我从中剪下了几枝，插在一个圆形的豆青色古瓷盆中，注以清泉，和那盆栽天竹供在一起，相映成趣。

除了这些红籽的天竹和鸟不宿外，还有一位佳宾，在迎新清供中崭露头角，那是一株盆栽的橘树，今冬结了十多个橘子，皮色已由绿泛红，一到元旦，就得供在爱莲堂上，与其他供品分庭抗礼。橘的谐音是吉祥的吉，元旦供橘，就是取"吉祥止止"的意义；况且我们的爱国大诗人屈原，曾有《橘颂》之作，早就大加歌颂了。

此外，如万年青、吉祥草，苏沪人家旧时结婚行聘以至过年贺岁，都要利用它们作为装饰品，就为它们的名称太好之故。再加上苍松、翠柏、绿竹等许多盆景，分外热闹。松与柏向有"松柏长春"的美名，而竹子又有"节节高"的俗称，如今一并请它们来迎接新年，也可算得是善颂善祷的了。

迎新清供所需用的瓶花盆树，大致如此，我已做好了准备，兴奋地期待着这幸福的一天。

西府海棠

我的园子里有西府海棠两株，春来着花茂美，而经雨之后，花瓣湿润，似乎分外鲜艳。

"只恐夜深花睡去，高烧银烛照红妆"，这是苏东坡咏海棠诗中的名句，把海棠的娇柔之态活画了出来。海棠原不止一种，以木本来说，计有西府、垂丝、木瓜、贴梗四种，而以西府为尽态极妍，最配得上这两句诗。清朝的园艺家，也认为海棠以西府为美，而西府之名"紫绵"者更美，因为它的色泽最浓重而花瓣也最多。这名称未之前闻，不知道现在仍还有这个品种否？

西府海棠又名海红，属蔷薇科的棠梨类，树身高达一二丈不等，是用梨树嫁接而成。木质坚实而多节，枝密而条畅。花期在农历二三月间，花五瓣，未开时花蕾像胭脂般鲜红，开放后像晓霞般明艳，而色彩似乎淡了一些。花型特大，朵朵上向，三五朵合成一簇，花蒂长约一寸余，作淡紫色，花须也是紫色的，微微透出清香。这是西府的特点，而为他种海棠所不及。到了秋天，结成果实，味酸，大如樱桃；这大概就是所谓海棠果吧？如果不让它结实，花谢后一见有籽，立时剪去，那么明春花更茂美。

海棠也可插瓶作供，如用小胆瓶插西府一枝，自觉妖娆有致。据说折枝的根部，可用薄荷包裹，或竟在瓶中满注薄荷水，可以延长花的寿命，让你多看几天，岂不很好？

夹竹桃

我爱竹，爱它的高逸；我爱桃，爱它的鲜艳。夹竹桃花似桃而叶似竹，兼有二美，所以我更爱夹竹桃。夏秋之交，庭园中要是有几丛夹竹桃点缀着，就可以给你饱看红花绿叶，一直看到秋天。

夹竹桃属夹竹桃科，是常绿灌木，一丛多干，高达七八尺以至一二丈。据古籍中载：夹竹桃从南方来，名拘那夷，又名拘拿儿；后来流行于福建，称为拘那卫，就是夹竹桃的别名。据近人记录，原产于东印度，有的说是伊朗，不知到底哪个对。

夹竹桃叶尖而长，很像竹叶，但不如竹叶之有劲性，入夏就在枝梢生出花来，花瓣多重，有白、黄、桃红诸色，以黄色为最名贵，而以桃红色为最普通，也最鲜艳。花发异香，带着杏仁味。根部有毒，如果折枝作瓶供，须防瓶水含毒，切忌入口。只因它来自热带地区，生性怕冷，所以盆植应于冬季移入温室；不过它的抵抗力相当强，江浙一带尽可地植，只要及时包裹稻草，以免冰冻就得了。它喜燥而恶湿，因此地植必须选定一个向阳而高燥的地方。它也喜肥，任何肥料都很欢迎，肥施得足，来年着花更为茂美。

前人诗词中，几乎不见有歌颂夹竹桃的，只见宋人梅圣

俞有"桃花夭红竹净绿,春风相间连溪谷"句;明人王世懋有"布叶疏疑竹,分花嫩似桃"句;清人叶申芗有《如梦令》一词云:"道是桃花竹倚。道是竹枝桃媚。相并笑东风,别具此君风致。　何似。何似。佳士美人同醉。"那是以佳士比竹,而以美人比桃了。

栀子花开白如银

栀子花是一种平凡的花，也是大众所喜爱的花。我在童年时听唱山歌，就有"栀子花开白如银"的句儿。当石榴红酣的时节，那白如银的栀子花也凑起热闹来，双方并列一起，真显得娇红妍白。

栀子有木丹、越桃、鲜支几个别名。据李时珍说：卮是酒器，栀子的模样很相像，因以为名。栀子是常绿灌木，小的高不过一二尺，可以栽在盆里；地植的，高度可达丈余。叶片厚实，有光，作椭圆形，终年常绿，老叶萎黄时，新叶已发，花白六出，野生的共只六瓣；有一种花朵较大的荷花栀子，每重六瓣，多至三重，共十八瓣，最为可爱。花香很浓郁，宜远闻，不宜近嗅，因花瓣上常有不少细小的黑虫，易入鼻窍。野生的叫做山栀子，花后结实，初作青色，熟后变黄，中仁作深红色，可作染料，也可入药。福建和安徽都有矮种的栀子，高度不满一尺，花小叶小，我们称之为丁香栀子，可作盆景之用。从前四川有红栀子，初冬开花，色香也与一般栀子不同。据古书中载称："蜀主孟昶，十月宴于芳林园，赏红栀子花，其花六出而红，清香如梅。"又云："蜀主甚爱重之，或令写于团扇，或绣入衣服，或以绢素鹅毛作首饰，谓之红栀子花。"不知四川现在还有否这个

种子，如果有的话，那真是珍品了。

栀子总是栽在盆里的居多，地植而成林的，可说是绝无仅有；而四川铜梁县东北六十里的白上坪地方所种栀子，多至万株，望如积雪，香闻十里。

栀子花的文献，始自齐梁，历史很为悠久，后来杜甫、朱熹，都有题咏。汉代司马相如作《上林赋》，有"鲜支黄砾"句，鲜支就是指栀子。但我最爱宋代女词人朱淑真的一诗："一根曾寄小峰峦，薝葡香清水影寒。玉质自然无暑意，更宜移就月中看。"

我家有几个栀子花盆景，有单瓣六出的山栀子，树干苍老可喜，也有双株合栽的荷花栀子，今夏着花无数，一白如银，供在爱莲堂中，香达户外。梅雨期间，摘取嫩枝，扦插在肥土里，第二年就可开花。

仙客来

记得三十余年前我在上海工作时，江湾小观园新到一种西方来的好花，花色鲜艳，花形活像兔子的耳朵。当时给它起了个仙客来的名字，一则和它的学名译音相近，二则它的花形像兔子，而中国神话有月宫仙兔之说，那么对它尊为仙客也未为不可。

仙客来属樱草科，原产波斯，是多年生的球根草本，球茎多作扁圆形，顶上抽叶，形似心脏，绿色中略带红褐色，叶厚而光滑，背面有毛。在冬春之间，一片片的叶子从花茎中抽出来，顶上就开了花。花只四瓣，有红、白、黑紫、玫瑰紫诸色，花瓣上卷，花心下向，活生生地像是兔耳。另有一种所谓欧洲仙客来，却是在夏秋之间开花的，花作鲜红色，妙在有香，比普通的仙客来更胜一筹。

仙客来是热带产物，怕冷，所以要在温室中培植。繁殖的方法，可于秋后采籽，播在肥土或黄沙中，深度在二分左右。播种后浇足了水，等它稍稍干燥时再浇一些，以滋润为度。到了九月里，籽已发芽，不过只抽一叶，至于开花之期，那更遥远得很，急躁的朋友是要等得不耐烦的。如果要想早见花，还是在立秋后用宿球根种在肥土里，放在通风而阳光照射不到的地方，浇一些清水，等它叶芽抽出，渐抽渐长，才可移放到阳光下去，那就要

多浇些水，以免干燥。大约在九月下旬就须施肥，并须经常放在温室中，以免霜打。十一月里，花朵儿就开放起来。春节前后，花就结了籽，一到夏季，它停止了发育，叶片也都枯死。从此不必多用水浇，只须将盆子放在地面上，使它吸收地气，一面仍须遮以芦帘，以避阳光，让它充分休息几个月，到了秋风送爽的时候，这才是它重行活跃的季节。

芭蕉开绿扇

炎夏众卉中，最富于清凉味的，要算是芭蕉了。它有芭苴、天苴、甘蕉等几个别名，而以绿天、扇仙为最雅。唐代诗人李商隐曾有"芭蕉开绿扇"之句，就为它翠绿的叶片，可以制扇，而风来叶动，也很像拂扇的模样。清代李笠翁曾说："幽斋但有隙地，即宜种蕉……一二月即可成荫。坐其下者，男女皆入画图。且能使台榭轩窗尽染碧色。绿天之号，洵不诬也。"这些话说得很对，近年来我们正在大搞绿化，芭蕉高茎大叶，布阴极广，实在是绿化最适用的材料。它经雨之后，阴更布得快，陆放翁所谓"茅斋三日潇潇雨，又展芭蕉数尺阴"，这是一个很好的说明，足资吟味。

芭蕉高丈余，茎粗而软，裹着一层又一层的皮，里白外青，一剥就会出水。叶片又长又大，一端稍尖，老叶刚焦，新叶就慢慢地舒展开来。凡是种了三年以上的芭蕉，就会生花，花茎从中心抽出，萼大而倒垂，多至十数层。每层都长花瓣，作鹅黄色，花苞中有汁，香甜可啜，这就是所谓"甘露"，而甘露也就成了苏州娘儿们口中对芭蕉的俗称。

芭蕉叶片特大，下雨时雨点滴在叶上，清越可听，因此古今诗人词客，往往把芭蕉和雨联系在一起，词调有《芭蕉雨》，

曲调有《雨打芭蕉》。诗词中更触处都是，如唐白乐天句"隔窗知夜雨，芭蕉先有声"；王逋句"秋宵睡足芭蕉雨，又是江湖入梦来"；宋贺方回句"隔窗赖有芭蕉叶，未负潇湘夜雨声"。我的园子里种有不少芭蕉，可是离开内室太远，听不到雨打芭蕉的清响，真是一件憾事！记得某一年杨梅时节，游洞庭西山的包山寺，下榻大云堂，因连夜有雨，却听了个饱，自以为耳福不浅。当时诗兴大发，曾有"只因贪听芭蕉雨，误我虚堂半夕眠"、"芭蕉叶上潇潇雨，梦里犹闻碎玉声"等句，说它声如碎玉，倒也有些儿相像的。至于古诗中专咏雨打芭蕉而得其三昧的，要算宋代杨万里的那首《芭蕉雨》："芭蕉得雨便欣然，终夜作声清更妍。细声巧学蝇触纸，大声铿若山落泉。三点五点俱可听，万籁不生秋夕静。芭蕉自喜人自愁，不如西风收却雨即休。"听雨打芭蕉而还分出细声大声来，并且定量定时，分外周到，真可说是一位听雨专家了。

　　古籍中说："芭蕉之小者，以油簪横穿其根二眼，则不长大，可作盆景，书窗左右，不可无此君。"不错，这十多年来，我每夏一定要把芭蕉作盆景，也不一定用那种油簪穿眼的方法，例如那盆"蕉下横琴"，两株小芭蕉种在盆里已三年了，并没有施过手术，而年年发芽抽叶，并不长大。这几天供在爱莲堂上，我简直是当它宝贝一样，曾有诗云："盆里芭蕉高一尺，抽心展叶自鲜妍。不容怀素来题污，净几明窗小绿天。""案头亦自有清阴，掩映书窗绿影沉。寸寸蕉心含露展，一般舒展是侬心。"这就足见我的踌躇满志了。

芭蕉不但可供观赏，也可作药用，李时珍曾说它可除小儿客热，压丹石毒。肿毒初发，将叶研末，和生姜汁涂抹；将根捣烂，可治发背；花存性研，盐汤点服二钱，可治心脾痛。每年大热天，让孩子们躺在芭蕉叶上作午睡，清凉解暑，也是舒服不过的。

扬芬吐馥白兰花

从小儿女的衣襟上闻到了一阵阵的白兰花香，引起了我一个甜津津的回忆。那时是一九五九年的初夏，我访问了珠江畔的一颗明珠——广州市。在所住友谊宾馆附近的农林路上，瞧见两旁种着的行道树，都是白兰花，不觉欢喜赞叹。后来又在中山纪念堂前，看到两株二人合抱的老干白兰花树，更诧为见所未见。可惜我来得太早了，树上虽已缀满了花蕾，但还没有开放。料想到了盛开的时候，千百朵好花吐馥扬芬，这儿真成为一片香世界哩。

白兰花是南国之花，所以广东、广西、福建、云南等地，都是它的家乡。它最初的出生之地，据说是在马来半岛一带，经过引种培育，它的子子孙孙就分布到中国来了。南方四时皆春，尽可作为地植，且易于长成大树，绿叶扶疏，终年不凋。不像苏沪一带，只能种在盆子里，娇生惯养，见不得冰霜，入冬就得躲在温室里，不敢露面了。

白兰花是一种属于木兰科的常绿亚乔木，木质又细又松，表皮作白色。叶大如掌，作椭圆形，长达五六寸。到了五六月里，叶腋间就抽出花蕾，嫩绿色的苞，有如一只只翡翠簪头，玲珑可爱。到得花蕾长大，苞就脱落而开出洁白的花朵来了。每一朵花约有十一二瓣，瓣狭长，作披针形，长一寸左右。花心作绿色，散发出兰蕙一般的芳香，还比较的浓一些。但还有比这香得更浓的，那就是白兰花的姊妹行——黄兰花。它穿着一身鹅黄色的衫子，打扮得很漂亮，和白兰合在一起，自觉得别有风韵。黄兰的树干和叶形、花型，跟白兰没有什么分别。可是种籽不多，分布面不广，物以稀为贵，就抬高了它的身价。

苏州虎丘山的花农，很早就在培植白兰花了。它们跟玳玳、茉莉、珠兰等共同生活，成为形影不离的好朋友。这些花都是怕寒的，入冬同处温室，真是意气相投。过去在白兰花怒放的季节，花农们除了把大部分卖给茶叶店作窨茶之用外，小部分总是叫女孩子们盛在竹篮里入市叫卖。那时的卖花女，都过着艰苦的生活，借白兰花来博取一些蝇头之利，那卖花声中是含着眼泪的。近年来花农们生活大大改善了，白兰和其他香花的产量突飞猛进，不仅用来窨茶，并且大量炼成香精、香油，连白兰叶也可提炼，给轻工业和医药上提供了不少必要的原料。

崖林红破美人蕉

芭蕉湛然一碧，当得上一个"清"字，可是清而不艳，未免美中不足；清与艳兼而有之的，那要推它同族中的美人蕉。

美人蕉属芭蕉科的芭蕉属，是多年生的宿根草本，产生在南方闽粤一带，因花色殷红，原名红蕉，明人诗中，曾有"崖林红破美人蕉"之句。茎有高矮，矮的不过一尺上下，高的竟达四五尺。茎上先抽一叶，作长椭圆形，先卷后放，叶中再抽新叶，就这样一片又一片地抽出来。叶色有翠绿的，也有带一些深紫色的，中脉粗大，与芭蕉相似，两侧支脉较细，是平行的。到了初夏，叶的中心就抽出花茎，外面有许多花苞，一层层地包住，苞脱落后，就开出花来，好像一只红蝴蝶模样。从此花朵便自下而上，陆陆续续地开放；一面又有新叶抽出，叶心又抽出新花，叶叶花花，次第抽放，一直到深秋不断。花开过之后，也会结籽，明春播植，常可发见新种，比分根更好。

古人对这种红花的美人蕉有很高的评价，如唐代柳宗元诗，曾有"晚英值穷节，绿润含朱光。以兹正阳色，窈窕凌清霜"之句；韩偓一赋，说得更为夸张："在物无双，于情可溺，横波映红脸之艳，含贝发朱唇之色。"倒是宋代宋祁的《红蕉花赞》，说得老老实实："蕉无中干，花产叶间，绿叶外敷，绛质凝殷。"可是说得太老实了，并没有赞的意味。

据《群芳谱》说：美人蕉从东粤来的，其花开似莲花，红似丹砂；产在福建福州府的，四季都会开花，深红照眼，经月不谢，那中心的一朵花，晓生甘露，其甜如蜜；产在广西的，茎不很高，花瓣尖大，像莲花模样，红艳可爱。又有一种，叶与其他蕉类相同，而中心抽出红叶一片，也叫做美人蕉。又有一种，叫瘦如芦箬，花正红如石榴花，每天展放一二叶片，顶上的一叶，鲜绿如滴，花从春季开到秋季，还是开得很好。据《岭南日记》称："红蕉，中抽一花，如莲蕊，叶叶递开，红赤夺目，久而不谢，名百日红。"这个别名，恰与红薇、紫薇相同，就为它们花期很长，可以开到一百天的缘故。

只因美人蕉原产两广和福建一带，所以唐人诗中如李绅云："红蕉花样炎方识，瘴水溪边色最深。叶满丛深殷如火，不惟烧眼更烧身。"这首诗火辣辣的，简直是要烧起来了。他如宋朱熹诗："弱植不自持，芳根为谁好。虽微九秋干，丹心中自保。"明皇甫汸诗："带雨红妆湿，迎风翠袖翻。欲知心不卷，迟暮独无言。"又无名氏诗云："芭蕉叶叶扬瑶空，丹萼高擎映日红。一似美人春睡起，绛唇翠袖舞东风。"后两诗都以蕉叶比翠袖，倒是很妙肖的。

现在江浙各地盛开的，是美人蕉科美人蕉属的美人蕉，与芭蕉科的美人蕉不同，叶阔带椭圆作披针形、叶脉欹而斜平行，花苞两片，直到盛开也不会脱落下来。花色不单是红的一种，还有黄、白、粉红诸色，而以红色镶黄边的最为娇艳，倒像美人的红衫子上镶上了一条金色的花边一样，临风微飐，似乎要舞起来了。

初放玉簪花

我于花原是无所不爱的，只因近年来偏爱了盆景，未免忽视了盆花，因此我家园子东墙脚下的两盆玉簪，也就受到冷待，我几乎连正眼儿也不看它一看。说也奇怪，前几天清早正在东墙边察看石桌上新翻种的几个"六月雪"小盆景时，瞥见桌下有一簇莹白如玉的花朵，在晓风中微微颤动；原来墙脚边那两盆玉簪，却有一盆意外地开了一枝花。我即忙蹲下去细看时，见一枝上共有六朵花，一朵已萎，一朵刚开，闻到一阵淡淡的清香，不觉喜出望外；于是每天早上总要去观赏一下，流连一会，正如元代画家赵雍诗中所谓"淡然相对玉簪香"了。

玉簪花属百合科，是多年生的宿根草本，它有白鹤仙、季女、内消花、间道花等几个别名，而以玉簪象形为最妙。就为了花形如簪的缘故，就成了诗人们绝好的题材，例如宋代黄庭坚诗云："宴罢瑶池阿母家，嫩琼飞上紫云车。玉簪堕地无人拾，化作江南第一花。"明代李东阳诗云："昨夜花神出蕊宫，绿云袅袅不禁风。妆成试照池边影，只恐搔头落水中。"以玉簪花来假想仙女和花神的遗簪，自然更觉得美了。

玉簪丛生，农历二月间抽芽，高达一尺余，柔茎圆叶，大如手掌，叶端是尖尖的，从中心的叶脉分出齐整的支脉来，到了六七月里，就有圆茎从叶片中间抽出，茎上更有细叶，中生玉一般洁白的花朵，少则五六朵，每朵长二三寸，开放时花头微绽，六瓣连在一起，中心吐出淡黄色的花蕊，四周共有细须七根，头中一根特长。香淡而清，并不散发，必须近嗅，花瓣朝放夜合，第二天就萎了。所结的籽，好像豌豆模样，生时作青色，熟后变作黑色，可以播种。另有一种紫色的叫做紫鹤花，花型较小，并且没有香气，比了玉簪，未免相形见绌。

玉簪可作药用，据李时珍说，把它的根捣汁服，解一切毒，下骨骾，涂痛肿。

莲花世界

《华严经》中曾有"莲花世界"之说。农历六七月间，几乎到处都看到莲花，每一个园林，红红白白，烂烂漫漫，真的是一片莲花世界。

花花草草，形形色色，一方面要有观赏的价值，一方面也要有实用的价值。花草中兼备观赏价值和实用价值，而且价值最高的，只有莲花当之无愧。说到莲花的实用，不论是花瓣、花须、花房、叶、叶梗、藕、藕节、莲子等，或供食用，或供药用，简直没有一种是废物。莲花莲花，实在太可爱了。

莲花属睡莲科的莲属，是多年生宿根草本。原产印度，早就在中国落了户，子孙繁衍，已有千余年的历史。它本名蓿，又有芰荷、芙蕖、菡萏、芙蓉、泽芝、水芝、水华等好几个别名，而以莲与荷为通称。旧时种类很多，有什么分香莲、夜舒莲、低光莲、四边莲、朝日莲、金莲、衣钵莲、锦边莲、十丈莲、藕合莲、碧台莲等二十余种，现在大半断种，或已换了名称。我家现有层台、佛座、洒金、绿荷、粉千叶、四面观音等几种，已算是稀有的了。至于红十八、白十八，那是种在池子里的普通种，是不足为奇的。

莲花都是生在浅水中的，它的根就是藕，埋在肥土中生长，一年可繁殖好多节，每节形圆而扁，内有空洞很多。节间生出根茎，抽出叶片，叶形略圆，由小而大，好像一柄柄小伞撑在水面。到了农历六七月间有的藕节间就挺生出花梗来，开花高出叶上。普通的是单瓣，但也有十七八瓣，有粉红、纯白、桃红等色，朝开夜合，可以持续三天之久。花有清香，闻之意远。花谢后，就结成莲蓬，内有子十余颗，可生啖，也可熟食，这就是莲子。

　　细种的莲花，我们大都是种在缸里的，每年清明节前几天，总得翻种一下，将枯死的老藕除去，把多余的分出来另种，一缸可分作二三缸。缸底先铺野苜蓿或其他野草，上盖田泥一层，然后再加河泥，将藕匀称地种下去；必须留意新芽不可触损，并须使其上仰，以便日后挺出水面，发叶生花。种妥之后，须经阳光充分曝晒，晒得泥土龟裂，然后施以人粪尿，次日加水。一个月后，更在泥中放下小鱼几尾，作为肥料的生力军，有促使生花的效能。这是我种莲花的经验，何妨一试。"笑向玉山佳处行，东亭风月共相迎。嘉莲惠及苏州市，遗泽休忘顾阿瑛。"这一首小诗，是为了两年前拙政园分种昆山正仪镇的千叶莲花而作的。原来正仪镇上有一座顾园，是元代名士顾瑛"玉山佳处"的遗址，园中有一个莲池，种着天竺珍种千叶莲花，冠绝江南。这一池莲花，已经饱阅了六百多年的沧桑，传说还是当时顾阿瑛所手植的。我找到了顾阿瑛的几首七言绝句，却找不到关于千叶莲花的资料，就中有一首《观荷值雨》："湖山堂上看荷花，乱舞红妆万髻丫。细雨沾衣凉似水，画船五月客思家。"不知湖山堂是不是"玉山佳处"的一座堂，而他所看的荷花是不是千叶莲花呢？

可是玩味了末句"客思家"三字，料知他那时正客居在外；况且对千叶莲花，也决不会单单称为荷花的，足见他所看的也不是他自己的千叶莲花了。

　　抗日战争以前的某一年，有一位老诗人发起在顾园莲池旁造了一个亭子，仍用赵松雪旧题，榜曰"君子"；跟他二十多位朋友和顾阿瑛遗族一同举行落成典礼。从此可以坐在君子亭中，饱看"花中君子"了。过了一年，我和朋友们也闻风前去，可惜去得迟了一些，只看到了最后一朵千叶莲花，的确是不同凡艳。欣赏之余，曾为赋诗，有"红妆艳里迎风舞，润色湖山赖此花"、"玉山佳处撩人处，千叶莲花发古香"等句，也足见我对它之倾倒备至了。

　　一九五九年春，有初人到正仪去将千叶莲分根引种到拙政园香堂前的大莲塘中，当年就开了不少的花，妙在不单是并蒂并头，甚至一花中有四五蕊、六七蕊的；每一朵花多至一千四百多瓣，称为千叶莲花，真是当之无愧的了。现在广州也已从正仪引种过去，栽在缸里，陈列在越秀公园，观众云集。我以为像这样的好花，不要局限于一市一地，以独占花魁而沾沾自喜，应该分布到全国各地去，供人们欣赏；我可又要唱起来了："嘉莲香泽公天下，告慰重泉顾阿瑛。"

能把柔枝独拒霜

在江南十月飞霜的时节，木叶摇落，百花凋零，各地气象报告中常说：明晨有严霜，农作业须防霜冻；然而有两种花，却偏偏不怕霜冻。一种是傲霜的菊花，所以古人诗中曾有"菊残犹有傲霜枝"之句。还有一种就是拒霜的芙蓉，所以古人诗中也有"能把柔枝独拒霜"之句；而芙蓉的别名，也就叫做"拒霜花"。

芙蓉是一种落叶灌木，又称木芙蓉，茎高五六尺以至一丈。入秋，梢头抽出花蕾，初冬开放，有单瓣、复瓣之别。花色有红、有白、有桃红，据说也有黄色的，却很少见。最名贵的，是醉芙蓉，一日之间三变其色，早上作白色，午刻泛作浅红，傍晚转为深红，因此又称"三醉芙蓉"。吾园梅屋下的荷花池边，全是种的三醉芙蓉，虽受严霜侵袭，却仍鲜妍如故，称它为拒霜花，确是当之无愧。

芙蓉性喜近水，种在池旁溪边，最为适宜，花开时水影花光，互相掩映，自觉潇洒有致，因有照水芙蓉之称。古代诗人每咏芙蓉，往往和水相配合，如"艳质偏临水，幽姿独拒霜""袅袅芙蓉风，池光弄花影""芙蓉发靓妆，艳绝秋江边""半临秋水照新妆，淡静丰神冷艳裳""江边谁种木芙蓉，寂寞芳姿照水红"等，全是说着那些种在水边的芙蓉花。

四川成都，别名锦城，相传蜀后主孟昶，在成都城上遍种芙蓉，每年深秋，四十里花团锦簇，因此名为锦城，不知现在的成都城上，是不是还种着芙蓉？倘有机会，很想去观赏一下。

芙蓉繁殖很容易，可用扦插和分株两法，入冬在土壤上用牛马粪或人粪尿施肥，向阳埋下枝条，明春再行扦插，没有不活的。芙蓉的叶和花，都可治病，据李时珍说：气平而不寒不热，清肺凉血，散热解毒，治一切大小痈疽，肿毒恶疮，可以消肿排脓止痛。它的干皮柔软而有韧性，可纺线或编作蓑衣，自有它一定的经济价值。

芦花白雪飞

芦是长在水乡的多年生草，据说初生时名葭，未秀时名芦，长成时名苇，《诗经》所咏的"蒹葭苍苍"，就是指新芦而说的。芦的同族和别名共有十多种，而通常总叫做芦苇和芦荻，就以形象来说，也是大同小异的。芦因生在水际，成长极快，茎高可达一二丈，中空如管，有节，并没分枝，叶片又细又长，两边锋利，倘用手勒，就会割破皮肤。入秋从叶丛中抽出花茎开白色细花，十分繁密。每枝长尺余，花穗对生，分作两排，每排各有十余穗以至二十余穗，顶端却只有一穗，作为结顶。

芦花有细茸毛，可以作絮代棉花，因此古代曾用来翻衣，元代还有芦花被、芦花褥，诗人们曾咏之以诗，有"采得芦花不浼尘，翠蓑聊复借为茵"、"软铺香絮清无比，醉压晴霜夜不融"等句，给与很高的评价。而以芦花作枕芯，温软也不亚于木棉。

我家紫兰台下靠近金鱼池的一角，有一大丛白边绿地的芦，每茎长达一丈以外，是芦族异种，抽了穗子似花，其白如雪，摇曳生姿。另有一丛矮种的绿芦，种在一只长方形的紫陶浅盆里，配上了几块拳石；盆面空出一半地位，堵住了盆孔盛水，作为芦荡，水边石矶上，坐着一个老叟把竿垂钓，意境很为清幽。国画馆的一位画师见了，点点头说道："好一幅寒江独钓图！"

装点严冬一品红

　　一品红是什么？原来就是冬至节边煊赫一时的象牙红。它有一个别名，叫做猩猩木，属大戟科；虽名为木，其实是多年生的草本，茎梢是草质，不过近根的部分是木质化的。它的产地是北美的墨西哥，不知什么时候输入中国，现则到处都在栽种了。

　　一品红的叶片，绿得像翡翠一样，模样儿好似梭子，又像箭镞，叶面上有很细的茸毛，又络着红丝，很为别致。

　　到了初冬，顶叶就从翠绿色转变为黄，也有变作浅红或深红的，因种类不同，转变的色彩也各异，而以深红的一种为最美，简直像朱砂那么鲜艳。一般人以为这就是花，其实是叶，也正像雁来红的顶叶一样，往往会被人认作花瓣的。顶叶的中心有一簇鹅黄色的花蕊，一个个像小型的杯子，这是给蜂蝶作授粉之用的。

　　一九六二年春，我曾在北京中山公园唐花坞中，看到顶叶浅红色的一品红，茎干很矮，比长干的好；时在三月，并不是顶叶变色的时期，原来也是用催延花期的方法把它延迟的。听说青岛有一种顶叶作白色的，自是此中异种，可是与一品红的名称未免不符了。

　　一品红的繁殖，都用扦插的方法，到了清明节后，把老本上的茎干剪为若干段，剪断处流出乳状的白汁，须等它干了之后，才一段段斜插在田泥和糠灰的盆里，随时灌水，力求湿润，过了一个多月，就会生出根须来，这时便可分株翻盆，一盆一株。到了夏季大伏天里，应将每株剪短，剪下来的新枝，再行扦插，愈插愈多；这时也必须经常灌溉，不可怠忽。农历九月中，开始施肥，先淡后浓，一个月后须施浓肥，一面就得把盆子移到温室里去培养。入冬以后，切忌受寒，非保持华氏五六十度的温度不可。记得某年仲冬曾有两大盆，每盆五六枝，猩红的顶叶与翠绿的脚叶，相映成趣；不料突然来了个冷汛，仅仅在一夜之间，叶片全都萎了，第二天任是喷水曝日，再也挺不起来。这个一品红竟好像是千金小姐养成的一品夫人，实在是不容易伺候的。